लेखक
दुर्गेश

संपादक
उर्मि रूमी

Published By

Redgrab Books Pvt. Ltd.
942, Mutthiganj, Prayagraj, 211003
www.redgrabbooks.com
contact@redgrabbooks.com

First published by Redgrab Books in 2024
Copyright © 2024 Redgrab Books Pvt. Ltd.
Copyright Text © 2024 Durgesh
Editor: Urmi Rumi
Printed and bound in India
Cover Design & Typesetting by Redgrab Books team

ISBN : 978-93-95697-94-1

तूफ़ान में एक अजीब ही मज़ा है। ये मज़ा कुछ कुछ उस पतंगे को पता है जो लौ की तरफ खिंचा चला जाता है, बेधड़क। उसे कोई मतलब नहीं है कि क्या होगा, कैसे होगा। लौ की तरफ बस बहता चला जाता है वो। मज़ाक बनता है सिनेमा में उस किरदार का, जो कौन है वहां कौन है वहां पूछता हुआ उसी तरफ चला जाता है जहाँ से अजीब अजीब आवाज़ें आ रही हैं किसी भुतहा हवेली में, लेकिन वो किरदार अपनी आदतों से मजबूर है, उसे करने दीजिये। यही तासीर है उसकी। वो चाह के भी चुपचाप सोने नहीं जा सकता, या दूसरों कि तरह अपने काम से काम नहीं रख सकता। क्यों? अरे भई, अगर सभी मनुष्य एक ही तरह की जिज्ञासाओं से बंधे होते तो कोई खोज, कोई ईजाद, कोई नयी जानकारी, कुछ न मिलती। कुछ कुछ मानव प्रजाति के हिस्से जीव होते ही ऊर्जावान किस्म के हैं, जिनको जिज्ञासु कह देना काफी नहीं होगा। ये बाकायदा तहकीकात में विश्वास रखते हैं। आपके आस पास भी होंगे, ऐसे ही कुछ लोग और क्या पता, शायद आप ही वो सवाली हों?

बहरहाल, यह जो कहानी है, और कुछ नहीं बल्कि जिज्ञासाओं और पिपासाओं का जाल है, और जब अलग अलग लोगों की इच्छाएं इस तरह से आपस में उलझ जाती हैं, तो जन्म होता है एक सिचुएशन का। और बस, वही सिचुएशन पीढ़ियों पीढ़ियों एक से दूसरे को सुनाने में आनंद भी आता रहता है और इन जिज्ञासुओं की हिम्मत पर दाद भी दी जाती है।

यहाँ सही और गलत में जितना सूक्ष्म सा अंतर होता है न, ज़्यादातर लोग उसे समझ भी नहीं पाते! लेकिन सही और गलत अलग अलग चीज़ें होती हैं, चाहे समय कोई भी हो, हालात कोई भी हों...

मैं कौन? मैं सूत्रधार। समय भी कह सकते हो मुझे और हवा भी, बादल भी, रौशनी भी, पानी का वाष्प भी - कुछ भी। मैं सब देखता रहता हूँ, या अगर आप चाहो तो देखती भी कह लो, कोई फर्क नहीं पड़ता क्योंकि मैं प्रकृति का एक अणु हूँ, जिसका न कोई रूप है न कोई जनाना मर्दाना।

मैं अमित के आस पास भी हूँ और दुर्गेश के आस पास भी। मैं एना को भी

समेटता हूँ और एलिस को भी। कोई जगह नहीं जो मैंने नहीं देखी, कोई भाव नहीं जो महसूस करने से वंचित रह गया।

और मैं कहाँ हूँ? मैं सभी जगह हूँ। मैं इस कहानी को घटते हुए देख रहा हूँ, शुरू से लेकर अंत तक। हर एक मोड़ पर मैं ही तो खड़ा हूँ! अथक, अडिग और अमोघ।

अब आपको दिखाना चाहता हूँ, सुनना चाहता हूँ।

* * *

"अरे भई ज़रा आराम से उतारो, कहीं सामान को कोई नुकसान न हो जाये, शाबाश !"

धीरे धीरे सब साजो सामान गाडी पर से उतर रहा था। गांव से होते हैं न ज़्यादातर हम्माल, बेचारों ने आधे से ज़्यादा चीज़ें तो देखी भी नहीं थीं। अजब गज़ब सा सामान था - अँगरेज़ बाबू तो और भी आए हैं रेवांक अपनी मेमों के साथ पर ऐसा जखीरा लेकर तो कोई नहीं आया। विलायती सामानों का क्या कहना, हाथ लगाते ही पता चलता था कि ये कोई नयी सी चीज़ है। ग्रामोफ़ोन तक का तो पता चल गया था, बिरजू और रामय्या तक भी जानते थे। लेकिन ये मेमसाहब का सामान था, कुछ अलग किस्म का। नक्शों के रोल, यन्त्र और तंत्र, अजीब से डब्बे, ना ना प्रकार के तकनीकी अजूबे ... महावीर सिंह भी अचंभित था कुछ पोटली और बक्सों को देख।

यूँ तो महावीर सिंह कई सारे अँगरेज़ अफसरों के निजी सहायक के रूप में नियुक्ति मिल चुकी थी और वर्षों से वो इसी कार्य को अपने पूरे ईमान से कर रहा था लेकिन इस बार का अनुभव थोड़ा सा अलग था। हर बार जब एक नया अफसर आता तो अपने साथ अपनी नयी ब्याहता पत्नी को नहीं लाता था, और न ही कोई मेम पति के साथ साथ खुद भी राजकार्य में संलग्न होती थी। ये मेम ज़रा अलग ही थीं !

अँगरेज़ अपनी अय्याशियों के लिए मशहूर थे। जहां नियुक्त हों, वहां के राजा बन बैठना, मांस, मदिरा और स्त्रियों का पूरा पूरा आनंद लेना जैसे उनकी कार्यकारिणी में लिखा होता। पूरे इलाके के सभी मर्द उनके नौकर और औरतें उनके उपभोग का सामान - ये था ब्रिटिश राज। संसाधनों की लूट के साथ साथ मानव शोषण का महाअपराध भी। नर्क हो जैसे।

महावीर सिंह इसीलिए सुबह जब रेवांक सीमा पर अपने आदमियों के साथ नए अफसर डेनियल का इंतज़ार कर रहा था तो उसे उम्मीद थी कि कोई बूढा सा ठरकी बुड्ढा प्रकट होगा लेकिन डेनियल सुदर्शन नौजवान था। शायद महावीर सिंह के पुत्र कि उम्र का। दूर से एक बग्घी आती हुई दिखी तो महावीर

सिंह सावधान हो गया था। बग्घी रुकी और ये लड़का सा उतरा तो महावीर सिंह आगे बढ़ के साहब का स्वागत करने पहुंचा, लेकिन कुछ संकोच से। अक्सर ऐसा हो जाया करता है, जब उम्मीद के परे कुछ हो जाये।

महावीर सिंह ने हाथ जोड़ लिए।

डैनियल भी कुछ अचकचाहट में ही था। अंदाज़ लगाते हुए टोह ली, "महावीर सिंह ?"

महावीर सिंह बोल पड़े, "जी! मैं महावीर सिंह ही हूँ। निजी सहायक और और आपकी सुरक्षा के लिए तत्पर ... ये मेरे आदमी आपको बंगले पर पहुंचा देंगे और सेवा में रहेंगे। आपका स्वागत है! "

डैनियल हौले से मुस्कुराया। बग्घी से उतर कर वह मध्य भारत की भूमि पर खड़ा था। हवा में ताज़गी और थोड़ी खुशबु सी थी। शांति की खुशबु। बलिदान की महक। इस धरती में एक दृढ़ता थी, और उसके सामने खड़े इस वरिष्ठ सेवक में भी। आँखों ही आँखों में दोनों ने एक दूसरे को तोल लिया था।

"मेरे नियुक्ति पत्र में एक अतिरिक्त पत्र और था उस में आपका जिक्र था कि रेवा नदी से आप हमे आगे लेकर जाओगे। आगे बढ़ें ?"

"हुकुम।" महावीर सिंह एकदम से हरकत में आ गया। आदमियों कि तरफ मुँह करके इशारा किया और सब आज्ञाकारी दासों की तरह एकदम से चल पड़े।

महावीर मुड़ने को ही हुआ कि उसने बग्घी कि खिड़की से हटे हुए परदे के भीतर से झांकती दो आँखों को देखा। मासूम सा चेहरा, घुंगराले सुनहरे बाल, लेकिन आँखों में एक पैनापन। उम्रदराज़ महावीर ने एक बार जंगल में एक भेड़िये के बच्चों को देखा था। मासूम से बच्चे कुत्ते के पिल्लों की तरह खेल रहे थे। लेकिन जैसे ही एक आहट हुई, वो बच्चे एकदम सीधे होकर बैठ गए, सारी मस्ती छोड़ कर। खून का संस्कार कुछ पल को दब सकता है, लेकिन जब समय आता है, उसके रंग की झलक दिख ही जाती है। महावीर ने ऐसी आंखें देखी थीं, उस जंगल में, उन भेड़ियों कि माँ की निगाहें। पैनी, सतर्क और आग लिए हुए।

ये थी एलिस, एलिस मेमसाहब। डेनियल की पत्नी, और केवल घूमने फिरने और ऐश करने वाली मेम नहीं थीं ये। महावीर को जान के अचम्भा हुआ था, मे-

मसाहब ऐतिहासिक अनुसन्धान विभाग में नियुक्त होकर आयी थीं। ये अँगरेज़ आकाओं में भी आम बात नहीं थीं। अक्सर मेम साहब लोग हिंदुस्तान केवल सेवा करवाने आया करती थीं। मुफ्त के नौकरों से राजशाही चाकरी करवाना और अपने अफसर पति के मातहतों का शोषण करने की उनकी शाही आदतें रहती थीं। पर ये लड़की, महावीर ने ऐसी मेम पहले देखी नहीं थीं।

"दद्दा, चलें ?" रामू पूछ रहा था। रामू, महावीर का सबसे विश्वस्त आदमी।

"चलो, जल्दी बंगले पर चलो। सामान उतरवाओ और व्यवस्था देखो, मैं बग्घी के आगे आगे चलूँगा।'" महावीर ने कारवां आगे बढ़ाया।

सामान वाली गाडी आगे भेज दी गयी थी और घोड़े पर महावीर बग्घी की अगुवानी करने लगा था। बंगले पर पहुँच कर सामान उतरवाते हुए बार बार एहतियात बरतने का आदेश देते हुए, महावीर सोच रहा था, अब इस अजब गजब जोड़े के लिए किन आदमियों को रखा जाए?

* * *

देश में माहौल अब कुछ सालों से एक सा ही था। अँगरेज़ धीरे धीरे अब पूरे हिंदुस्तान पर कब्ज़ा कर गए थे। वैसे ही ये देश एक था ही कहाँ, हर आदमी बस अपने राजा के लिए नतमस्तक था। एकजुट कोई था भी नहीं। महावीर सिंह जब छोटे थे, मुग़लों का राज था। उनके गाँव के युवक मुग़ल सेना में भर्ती होना चाहते थे। फिर धीरे धीरे मराठे भी शक्ति दिखने लगे, तब थोड़ा द्वंद्व रहता। 1854 आते आते पूरा मालवांचल अँगरेज़ हुकूमत के तले आ गया, लेकिन ज़मीनी हकीकतें नहीं बदला करती। मध्य भारत की ज़मीन से उगने वाला हर योद्धा अपने खून का क़र्ज़ उतारने को तत्पर रहता। महावीर भी इन्ही मूल्यों से निकले हुए थे, और अब हुकूमत के तले सुगबुगाहट में थे, कि किसी तरह बस निकल जाएं इन अंग्रेज़ों के चंगुल से पर मौके ही नहीं थे, और अब अँगरेज़ सीधे खोपड़ी पर ही सवार थे। हर चीज़ अपनी मुट्ठी में भींचे, कहीं कोई गुंजाईश ही नहीं थी। और जब तक समय ठीक न हो, महावीर को मातहत रह कर ही काम करना था।

"एलिस, उठो एलिस!" डेनियल पुकार रहा था। एलिस की बग्घी में ही आँख लग गयी थी। एलिस ने उनींदी आँखों से देखा, एक हवेलीनुमा घर के सामने खड़ी थी उसकी बग्घी। आसपास बीहड़ सा, वीरान सा इलाका, और उसके पीछे

जहाँ तक नज़र जाए छोटी छोटी पहाड़ियों की अंतहीन श्रृंखला। दूर चमचमाती रेवा नदी। एलिस जब इस क्षेत्र के बारे में और जानने की कोशिश कर रही थी तो उसने जाना था, रेवांक कोई छोटी मोटी रियासत नहीं थी, जिसपर अँगरेज़ हुकूमत करने आ गए थे। 1912 के शोध ने ही बता दिया था कि एक ज़माने में सभी महाद्वीप पहले, बहुत पहले एक ही बड़े से महाद्वीप के रूप में थे। धीरे धीरे धरती के नीचे कि हलचल के कारण अलग अलग महाद्वीप टूट टूट कर जहाँ जहाँ पानी और धरती के तले बह रहे लावा ने भेजा, जाते रहे। ऐसे ही टूट के अलग हुआ था भारत का मध्य भाग और उसके नीचे वाला हिस्सा, याने गोंडवाना भूभाग। बहता हुआ वह टुकड़ा जाकर एशिया वाले भूभाग से ऐसा टकराया, धक्के से हिमालय सागर की सतह को चीरता हुआ उठ खड़ा हुआ! लेकिन ये जो गोंडवाना वाला हिस्सा था, ये कितना पुरातन होगा! इसकी पहाड़ियां हज़ारों हज़ारों सालों से हवाओं और पानियों के कटाव झेल रहीं हैं, और न उतनी ऊंची रही हैं न इनकी चोटियां उतनी तीखी, और रेवा नदी - कितनी परे है ये समय से भी! इतनी पुरानी, कि अमर हो गयी है, समय इसका क्या बिगड़ लेगा? ये समय की सीमाओं की पहुँच से उतनी दूर है जितना संसार के झमेलों से कोई सन्यासी। उम्र इतनी कि उम्र का हिसाब नहीं रखा जा सकता। अगर प्रकृति माँ है, तो रेवा उस माँ की सबसे बड़ी बेटी।

कहते हैं पानी को स्मरण रहता है सब। वाटर मेमोरी। कैसे बहा है, कहाँ गया है। सब याद रहता है पानी को। रेवा को भी सब याद है। और रेवा भी सब याद रखेगी, अनंत काल तक। एलिस के मन से इतना कुछ गुज़रा कि वो एकदम स्थिर होकर बस देखती रह गयी। मन की गति क्या है? जब तक शब्द बन पता है, मन विचार कि पगडंडियों पर कोसों दूर निकल चुका होता है।

एलिस कि आँखों के सामने युगों का इतिहास चमचमा रहा था। और उसके मन में एक विश्वास भर रहा था, कि अब वो सब ढूंढना है, वो सब लिख लेना है, जो अब तक न लिखा गया, न जाना गया और न समझा गया!

"क्या हुआ? ठीक हो तुम?" डेनियल के स्वर में चिंता का पुट था। एलिस मुस्कुरा उठी। ठीक तो नहीं है वो। प्रकृति के और मानवता के इतिहास के ऐसे प्रसार को देख कोई भी कैसे ठीक रहेगा? लेकिन डेनियल ठहरा डेनियल।

चालक आदमी है, लेकिन इस तरह की समझ थोड़ी न है उसमें ! हिसाब किताब वाला व्यक्ति है , एलिस को अभी मुस्कुराता देखेगा तो निश्चिन्त हो जायेगा, विस्फारित देख रहा था तो चिंता में पड़ गया था। हर आदमी ऐसा सरल तो नहीं होता। एलिस को कभी लगता कि वह नसीबवान है और कभी लगता, कि अगर मन वाली बातें डेनियल से नहीं कर सकती तो उस से ज़्यादा अभागी भी तो कोई नहीं !

"हाँ मैं ठीक हूँ डेनियल। चलें?"

बग्घी का दरवाज़ा खुला, चोबदार वहीं थे, कि मेमसाहब को सहारा देकर उतार देंगे लेकिन एलिस को इन सबकी कहाँ आदत थी। अंतिम सीढ़ी से लगभग कूद ही गयी वो, और बिना किसी कि परवाह किये, न किसी का इंतज़ार किये आगे बढ़ गयी। ये बात महावीर सिंह और अन्य सिपाहियों, चौकीदारों और चोबदारों के लिए बहुत अनोखी थी। ये कोई आम गोरी मेम नहीं थी , ये तो तय था।

* * *

ओक्टोबर खत्म होने को था, दीपावली आने को थी। अभी अभी दशहरा देखा था एलिस ने और हैरान हुए बिना न रह सकी थी। रावण के बारे में उसे अभी अभी पता चला था। एक महा-खलनायक जिसके गुण भी उतने ही चर्चित थे जितने कि कहानी के नायक श्री राम जी के। अद्भुत ! वरना अभी तक जितनी भी कहानियां सुनी थीं उसने, नायक पूर्ण रूप से सही, शुद्ध और सच्चा होता और खलनायक अक्सकर ऐसा एक राक्षस जो कहीं से कहीं तक किसी काबिल नहीं, सिवाय नफरत के। ये पाश्श्चात्य तरीका था, गुड वर्सस ईविल की अवधारणा। खांचों में बंधे पत्र, लीक पर जड़ नियम - जबकि पूर्व में नियम वक़्त और हालात के हिसाब से, विवेक से बदल जाते थे। सभी के लिए एक ही नियम, जो न बदल सकें - ये महज़ एक अति-सरलीकरण था, जो एलिस को यहाँ, इस सरज़मीं पर कभी नहीं दिखा। छोटी से छोटी कहानियां भी पत्रों के स्थितिपरक व्यव्हार को देख के सखी गलत का फैसला करती दिखाई देतीं, जैसे जातक की कहानियां या महाभारत के पत्रों की लोक कथाएं। पूर्व और पश्चिम में कितना भेद था, हर दिन वो किसी ने किसी रूप में जान लेती। आस पास के लोग एक दूसरे को

'नमस्ते' न कहकर 'सियाराम' कहते थे ... लेकिन मेमसाहब लोगों और अँगरेज़ अफसरों को तो नमस्ते ही की जाती थी। 'सियाराम' एक तरीका था राम और सीता को एक दूसरे में देखने का। ये धर्म से नहीं, सामाजिक चेतना से संचालित था... अद्भुत !

जैसे ही दशहरा हुआ था, एलिस ने तय किया कि अब काम ठीक तरह से शुरू किया जाए। उसे रेवांक में कुछ वक़्त हो चला था। महावीर सिंह आते जाते थे, क्योंकि डेनियल के मातहत थे। डेनियल के विभाग में अब सब ठीक था, एलिस के आने से उसकी स्थिति कुछ मज़बूत ज़रूर हो गयी थी लेकिन असली फायदा एलिस के कुछ खोज लेने से होने वाला था, तो डेनियल की उमीदें एलिस पर टिकी थीं। काम का दबाव एलिस पर विभाग से ही नहीं बल्कि डेनियल की तरफ से भी आने लगा था।

महावीर सिंह ने अपने दो विश्वस्त मंगल सिंह और तेज पाल को एलिस की सेवा में नियुक्त कर दिया था। ये दोनों विश्वस्त महावीर ने खुद चुने थे, ताकि मेम साहब के काम में मदद हो जाए।

"महावीर जी, कैसा रहा आपका त्यौहार?"

"मेम साहब, हम सैनिक हैं। हमारा त्यौहार तभी होता है जब हमारा कर्तव्य अच्छी तरह पूरा हो जाये। बाकी ये सब आम जन के उत्सव, साधारण जैसे - ये सब हमें शोभा नहीं देता।"

"फिर भी? आप भी तो जनमानस का ही हिस्सा हैं न ? क्या घर परिवार में कोई रीती रिवाज़ नहीं होते?" एलिस महावीर की निजी ज़िन्दगी से वो सूत्र ढूंढ रही थी, जो महावीर को महावीर बनाते थे। आखिर थी तो वो शोधकर्ता ही।

"एक सैनिक का परिवार होता है उसका जत्था, और माँ बाप होता है उसका सेनापति। सैनिक अगर लोकप्रचलित त्यौहार मानाने लगे तो फिर फतह नहीं हासिल कर सकता। मेरा तो यही मानना है। अब इजाज़त लूँगा, साहब को लिवाने जाना है।" और एक आदाब के साथ महावीर चल पड़ा। एलिस इस व्यक्ति की कितनी तहें हटा ले, रहस्य नहीं खुलेगा।

लेकिन अब रेवांक के रहस्य खोलने का समय आ चुका था। एलिस ने पूरी तैयारी कर ली। अगले दिन सुबह ही मंगल और तेज को सूर्योदय के साथ ही

आने को कह दिया था । एक खास बग्घी तैयार करने को कही गई थी, जो आम बग्घियों से थोड़ी कम चौड़ी और एक ही घोड़े या खच्चर से चलने वाली थी, ताकि संकरे जंगली रास्तों पर कोई परेशानी न हो । एलिस ने अपने लिए ख़ास जूते बनवाये थे, जो उसके घुटनों तक का भाग मोटे चमड़े से ढँक सकते थे । मंगल और तेज दोनों हो रेवांक के आस पास के गाँव के थे, इसलिए उन्हें पुराने खंडहरों और रास्तों को समझने की कोई खास तैयारी नहीं करनी थी , लेकिन फिर भी, एलिस ने उन्हें एक हफ्ते से रेकि पर भेजा हुआ था । उनका रोज़ सुबह से शाम ये काम रहता था कि इलाके में कहाँ क्या है ये देख के आएं और आकर एलिस को समझाएं, ताकि वो एक नक़्शे में सब कुछ उतार सके और डायरी में नोट बना सके । रोज़ दोनों आज्ञाकारी सेवक अपनी जानकारी मेम साहब को बताते जा रहे थे, और मेम साहब के उत्साह का ठिकाना न था !

"पता है डेनियल ! रेवांक में कितने खंडहर, पुराने महल और बांधकाम हैं ! कम से कम पचास ! और तो और तुम विश्वास नहीं करोगे, इन लोगों ने इतने अच्छे से ब्रीफिंग दी है, मुझे तो यकीन है, यहाँ इन्हीं खंडहरों में कोई न कोई खज़ाना ज़रूर छुपा मिलेगा । मैं तो इतनी उत्साहित हूँ, ज़रूर हम कोई बड़ी कामयाबी हासिल करंगे !" एलिस उत्साह से लगभग नाच रही थी, लेकिन डेनियल उतना उत्साहित नहीं हो पा रहा था । असल में विभाग से एक कड़कता हुआ संदेसा आ गया था, कि अब जल्द ही कोई अच्छी खबर आनी चाहिए, कुछ हासिल होना चाहिए, वरना एलिस को वापस इंग्लैंड भेज दिया जाएगा । एलिस को यूँ खुश देख के डेनियल खुश था, और उसका हिस्सा भी बनना चाहता था, लेकिन विभाग की सख्त धमकी से थोड़ा परेशान भी था ।

"हाँ एलिस ! ज़रूर कुछ मिलेगा, मुझे पूरा भरोसा है ! तुम अपने काम में पक्की हो !" डेनियल ने कहा । बात सही थी, एलिस न केवल अपने काम में दक्ष थी बल्कि उसमें एक आग भी थी, एक जूनून, अपने काम को लेकर !

"डेनियल, सोचो ! कितना मज़ा आ जायेगा ! हम दोनों कितने लोकप्रिय हो जायेंगे ! वाहवाही होगी ! ईनाम मिलेंगे ! क्या पता तुम्हें तरक्की भी मिल जाये तो मुझे रानी का मैडल !"

एलिस सपनों कि दुनिया में चली गयी थी । डेनियल उसके इस रूप में डूबता

चला जा रहा था! वह रात उन्हीं सपनों को समर्पित हो गयी! तारों और नरम ख़्यालों वाली रात। ऐसी रात जो मिलन के रुपहले एहसासों के लिए बनी होती है!

* * *

रेवांक मध्य भारत का ऐसा अजब गजब इलाका था, जिसको प्रकृति ने बहुत इत्मीनान से संवारा था। एलिस जैसे जैसे काम कर रही थी क्षेत्र में, समझ रही थी कि असल में उसके सारे अंदाज़ ग़लत थे इस मायावी जगह के बारे में! जितना सोचा था उस से कहीं अधिक उसे रेवांक दे रहा था! रेवांक की बसाहट से कुछ दूर, खंडहर हो गए कई सारे ढाँचे वो चिन्हित कर चुकी थी। उनकी कला, उनका वास्तु और तकनीक, अपेक्षा से कहीं बेहतर तो थी ही, टिकाऊ होने के कारण नुकसान भी कम हुआ था। एलिस कई जगहों पर तो नक़्शे बनाते बनाते थकने लगती! इतना कुछ था, कि उसे लगता उसकी लाटरी लग गयी है! पूरी भूमि हरी भी थी, घने जंगल से घिरी हुई। एलिस ने पढ़ा था अपने कोर्स में, कि एक पुरातत्व खोजी को जंगल से घिरा पहाड़ देख के ही तुरंत समझ जाना चाहिए कि यहाँ कोई न कोई पुरानी बसाहट ज़रूर होगी क्योंकि इंसान वही अपनी छाप छोड़ता है जो प्रकृति के संरक्षण में कार्य करता है, न कि विरोध में। प्रकृति के नियम से चलने वाले कभी तबाह नहीं होते। और रेवांक का ढांचा देख के एलिस भली भाँती जान चुकी थी कि यहाँ से बहुत कुछ ढूंढ निकालेगी वो!

तेज और मंगल कुशल घुड़सवार थे, मेम साहब भी घोड़े पर ही चलतीं, तो दोनों को बहुत ही सजग रहना पड़ता। दोनों ही पुराने आदमी थे महावीर के सहायक, लेकिन ऐसी मेम साहब उनके पल्ले पहली बार पड़ीं थीं। एक आगे रहता तो दूजा पीछे। लेकिन मेम साहब कभी कभी एक ही जगह सुबह से शाम कर देतीं। अगले दिन भी वहीं आने को कहतीं। देर रात तक न निकलतीं खंडहरों में से, मना करने के बावजूद। दराती लेकर दोनों तैयार रहते। जंगलों में तरह तरह के जानवर तो होते ही थे, साँपों का भी बहुत आतंक था।

रेवा नदी, एक तरह से जिसके तट पर ही रेवांक बसा था हिन्दुस्तान की सबसे पुरानी नदी थी। आदि मानव भी इसी के तट पर सार संभाल पाकर फला फूला - ये तो सिद्ध भी हो गया १९५७ में जब वाकणकर ने भीम बेटका कि गुफाएं

रेवांक

ढूंढ निकालीं। अदि मानव से भी पहले, आदि काल से, गोंडवाना से ही रेवा समय की एक एक चुटकी को अवेरती संभालती बढ़ रही है। रेवांक की प्रसिद्धि भी रेवा से ही हुई होगी, एलिस ने सोचा। ग्रामीणों और पुराने लोगों से बातें करते करते उसने जाना था कि एक समय में अरब सागर कि तरफ से धंधा और निर्यात करने वाले व्यापारी रेवांक को तवज्जो देते थे, क्योंकि रेवा ही अकेली वो नदी थी, है भी, जो मध्य भाग के भारत को अरब सागर से जोड़ती है। बाकि सभी महा नदियां बंगाल की खाड़ी में बहती हैं। रेवा निराली थी, है और रहेगी - और अपने साथ साथ रेवांक को भी रेवा ने महान, स्वर्णिम बना दिया होगा !

यहाँ वहाँ गिरे हुए पत्थरों, चट्टानों और बांधकाम से निकल गए टुकड़ों को एलिस बहुत प्रेम से देखती। एक एक बात नोट करती। उसकी डायरी भर रही थी, जल्दी जल्दी।

"तेज, आज मुझे उस बड़े वाले साइट तक ले चलना ---" एलिस सभी जगहों का मुआयना करते करते आगे बढ़ रही थी। छान बीन करती हुई। उस बड़ी सी कमानी से उसने शुरुवात की थी, और उसका नाम अपने नोट्स में दिल्ली गेट रख दिया था, क्योंकि वो था ही इतना शानदार। खोजबीन करती हुई वो आगे बढ़ी थी, और कुछ पुराने सराय नुमा ढांचे, कुछ दूकान की तरह दिखने वाले स्ट्रक्चर देखती हुई, नोट करती हुई आगे बढ़ रही थी। तेज और मंगल ही उसे घने जंगलों में सुरक्षित पहुंचते और फिर होशियारी से निकाल भी लाते थे।

"मंगल, तेज !" बग्घी में बैठी एलिस ने आगे चल रहे दोनों घुड़सवारों को रुकवाया।

"हुकुम मेमसाहब"

"मुझे बग्घी में से उतरना होगा, ऐसे मैं आस पास का कुछ नहीं देख पा रही हूँ। मेरी खोज अधूरी रह जाएगी। मुझे तुम से एक अपना घोडा दो !" एलिस के आदेश के आगे दोनों चुपचाप खड़े हो गए। भारत भूमि की वीरांगना स्त्रियां बहुत सी देखी थीं दोनों ने, लेकिन इस तरह की तूफ़ान मेमसाहब नहीं देखी थी, जो सारे सारे दिन भूत की तरह खंडहरों में और चट्टानों में खेलती रहे, धूल में नहा ले और फिर भी किलकती हुई घर जाए शाम पड़े। अक्सर अँगरेज़ मेम लोगों को भारत की धूल से ही सख्त आपत्ति होती, और अक्सर वे बग्घी से उतरती ही

न थीं! एलिस मेमसाहब का जज़्बा ही अलग था!

एलिस कूद के घोड़े पर चढ़ गयी। तेज अपने घोड़े से उतर कर बग्घी वाले के साथ बैठ गया था। बग्घी उस झुरमुट से जा भी नहीं सकती थी, तो वो वहीं रुक गया। मंगल एलिस मेमसाहब के पीछे पीछे जंगल में चला गया।

ये दुनिया एलिस की उम्मीदों से भी कहीं आगे, एक जादू लिए थी! न सिर्फ उसे नयी खोज का रोमांच दे रही थी बल्कि, एक छुपे हुए ख़ज़ाने को पा लेने की ललक भी उसे दीवाना बना रही थी! एलिस को उस जंगल में अपने बचपन की याद आ गयी! उसके दादाजी एक महान खोजी थे। सुदूर अफ्रीका के घने जंगलों में से उन्होंने ख़ज़ाने ढूंढे थे, आदिवासियों के ठिकाने ढूंढे थे। और सब कुछ करके जब वो घर आये तो एलिस महज़ १० साल की थी। उनकी कहानियां सुनकर बहुत उत्साहित हुई थी वो! दादाजी रोज़ उसके साथ खेलते, झूठमूठ के ख़ज़ानों की खोज करते, कहानियां सुनाते। एलिस के मन में वही सब घुमड़ने लगा। अचानक उसके मन में आया, आज दादाजी होते तो मेरी इस खोज पर कितना खुश होते, कितना गर्व होता उन्हें!

घोडा एकदम से रुक गया। एलिस चौंक कर अपनी तन्द्रा से होश में आ गयी। पीछे से मंगल भी ठिठक गया और जल्दी से घोड़े से उतर एलिस की मदद करने आगे आया। हाथ के इशारे से एलिस ने उसे रोक दिया - और निगाहें उसकी एकटक अपने सामने की भव्यता पर अटक गयीं! ये कैसा अद्भुत महल था! ऐसी रचना उसने आज तक नहीं देखी थी। एलिस घोड़े से उतर कर धीरे से आगे बढ़ी।

आज का ज़माना होता तो एलिस ने तुरंत अपन कैमरा निकाल कर फोटो खींच सोशल मीडिया पर डाल दी होती, वाइरल हो चुकी होती!

आँखों में उस अनूठेपन को कैद करती एलिस आगे बढ़ी, और गहरी सी एक सांस लेकर वहीं एक बड़े से पत्थर पर बैठ गयी। रचना किसी बड़े से झूले की तरह थी। कई सारे ऊँचे ऊँचे कंगूरे थे, ढलान भरी दीवारें, मानो महल में जो भी अंदर बैठे हैं वो झूल रहे हों हवा के साथ। एलिस उठ के अंदर की तरफ जाने को हुई तो माँगा ने पुकारा ,"मेम साहिब!"

"डरो नहीं मंगल! मैं ठीक हूँ "

"वो दरअसल मेमसाहब, यहाँ अंदर न ही जाएं तो ठीक होगा, यहाँ कुछ है -----"

एलिस हंसने लगी, इस धर्मभीरु देश में सब कितने डरे हुए रहते हैं! डर ज़रूरी भी है, इंसान की जान बचता है डर। हमारे पूर्वज डर के कारण ही बहुत ज़्याद जोखिम उठाने से बचा लिए गए, और चूंकि वे मौजूद रहे, उनकी पीढ़ियां भी, और इसीलिए आज हम ज़िंदा हैं, लेकिन डर के आगे भी तो बढ़ना पड़ता है न? तभी तो कुछ नया जाना जाता है। और कुछ ही विरले होते हैं पूरी मानव जाति में, जिन्हे बिना जोखिम मज़ा ही नहीं आता!

एलिस भी तो थी उन्ही में से!

वैसे भीरुता कुछ असुरक्षा का भी तो प्रतीक है... अगर अभावों में बड़ा होता है बच्चा तो बड़ा होकर बचा बचा के खाता है, बहुत इकट्ठा करता है। सम्प-न्नता में बढ़ा हुआ व्यक्ति डरता भी कम है, शायद इसलिए क्योंकि उसने कमी से असहाय होना कभी देखा नहीं, आभाव की मजबूरी नहीं जानता। एलिस ने कहाँ देखे होंगे काले जादू से अभिमंत्रित महल, भूत प्रेतों आत्माओं के प्रभाव! ये तो इस भूमि के पुरातन रहस्यवाद को जानने वाले मंगल को पता था... एलिस को तो हंसी ही आयी, अनभिज्ञता की हंसी।

"मंगल, योद्धा होकर डरते हो?"

"नहीं मेमसाहब, अपने लिए नहीं, आपके लिए डरते हैं। आपको कुछ हो गया तो महावीर दद्दा हमें छोड़ेंगे नहीं।"

"अच्छा तुम यहीं रुको, मैं होकर आती हूँ अंदर। अगर मैं १० मिनट में नहीं आई तो मुझे अंदर लेने को आ जाना। ठीक है?"

मंगल ने हामी भर दी और हाथ में तलवार लिए वहीं घोड़े के पास खड़ा हो गया। ये मेम तो मरवायेगी किसी दिन।

एलिस धीरे से अंदर की तरफ बढ़ी। दोपहर का वक़्त था लेकिन झाड़ियों और पेड़ों ने जैसे दिन में रात कर रखी थी। घुप्प अँधेरा भी नहीं लेकिन ठीक से दिख भी नहीं रहा था एलिस को। होशियारी से डग भरती हुई वो कमानी से अंदर दाखिल हुई। क्या कुछ महसूस कर रही थी वो! इन दीवारों से जैसे गुज़रे ज़माने की खुशबुएं आ रहीं थीं!

एलिस एक टूटे हुए खम्बे को सावधानी से पार कर दूसरी तरफ गयी। कुछ खुदा हुआ था दीवार पर, उसे पढ़ने की, देखने की कोशिश करने लगी, गौर से देखने लगी। वो देख ही रही थी कि एक ज़ोरदार अट्टहास वाली हंसी उसकी दायीं तरफ से गूँज उठी। एलिस एकदम से डर गयी! जैसे ही उसने पीछे की तरफ देखने को सर घुमाया, एक बहुत ही प्राचीन सी, लगभग अमानवीय सी दिखने वाली झुकी हुई बुढ़िया उसकी दाहिनी तरफ खड़ी मिली! एलिस कि चीख ही निकल गयी! क्या उसने भूतनी देख ली थी? कदम अपने आप एलिस के शरीर को बुढ़िया से दूर करने की कोशिश करने लगे। हंसती हुई बुढ़िया एकदम से चुप हो गयी। और जैसे कुछ न हुआ हो, चुपचाप धम्म से वहीं बैठ गयी।

मंगल ने बाहर ही एलिस कि चीख सुन ली थी, दौड़ता हुआ अंदर आया। जैसे ही उस दालान नुमा खंडहर में कदम रखा, पहले उसने एलिस कि तरफ देखा। डरी हुई थी लेकिन ठीक थी एलिस। फिर नज़र घुमाई तो उस बुढ़िया को देख मंगल भी हैरान हो गया। दो मिनट उसी मौन में बीते, जहाँ किसी को पता नहीं कि आगे क्या करना चाहिए। फिर एकाएक बुढ़िया बोल पड़ी , "भैया तनिक पानी दे दौ?"

एलिस और मंगल दोनों कि साँस में साँस आयी। ये उनका भ्रम नहीं वाकई एक ज़िंदा बुढ़िया है, कोई चुड़ैल नहीं है ----

* * *

पानी पीकर बुढ़िया ने बिना पूछे ही एक कहानी सुननी शुरू कर दी। मंगल और एलिस वहीं बैठ गए। बुढ़िया कि भाषा एलिस को समझ नहीं आयी, इसलिए मंगल सुन रहा था, और एलिस को सुना रहा था।

बुढ़िया ने बताना शुरू किया ,"बहुत साल पहले, इतने साल पहले कि शायद पिछले जनम कि बात हो! यहाँ इस इलाके में माँ रेवा के सभी पुजारी थे, इस कबीले की दिनचर्या ही रेवा कि पूजा से शुरू होती और सांझ ढलते आरती भी माँ रेवा की होती। हर साल एक गुट निकलता और पूरे साल भर नदी की परिक्रमा कर के वापस आता। सभी के लिए ये यात्रा ज़रूरी होती, ये माँ रेवा को दिया हुआ वचन था। एक चरवाहा था, कबीले का। बहुत सुन्दर बेटी थी उसकी। उसकी सुंदरता इतनी प्रबल थी, कि लोग उसे माँ रेवा का ही रूप मानते।

उसकी शक्ति के आगे कोई टिक नहीं पता। उस में तेज था ऐसा, कि सभी उसकी दिव्यता में मस्त रहते। जहाँ जाति अपनी भेड़ों को लेके, लोग आगे से आगे उसका ध्यान रखते, पानी पिलाते, सेवा करते।

एक बार रेवा पार से एक सैनिकों का टोला आया। सैनिक प्यासे थे, शिकार करते हुए भटक गए थे। उनके सरदार ने यहाँ वहां तलाश करना शुरू कर दिया। जंगल में भटकते भटकते उन्होंने देखा, पेड़ के नीचे पत्थर पर एक देवी बैठी है, भेड़ों से घिरी। आस पास शेर और सियार भी हैं। लेकिन न तो वो कन्या उन से डर रही है न भेड़ें। शेर पास आकर बैठे हैं, सियार दूर से देख रहे हैं। सरदार को ये देख कर बहुत अचम्भा हुआ। और फिर वो उस कन्या के पास गया। पास जो गया तो देखता ही रह गया! क्या तेज था! देखते ही वह तरल सा हो गया। देवी ने कुछ नहीं पूछा उस से। सीधे उठ कर आगे चलने लगी और सरदार उसके पीछे। न कोई शब्द कहे गए न इशारा किया गया और फिर भी बात हो गयी।

कन्या सरदार को कुंड के पास ले गयी। सरदार ने जी भर कर पानी पिया और अपनी टुकड़ी के लिए मशक भर ली। कन्या अभी भी वहीं थी। सरदार की आँखों में कृतज्ञता थी और अपने लिए प्रेम भी वह देख पा रही थी। मुस्कुरा कर वो चली गयी। सरदार टुकड़ी के पास गया और सारी बात बताई। सैनिकों के साथ वो उस कन्या की खोज में कबीले में चले गए। कन्या के पिता से उसका हाथ मांग लिया सरदार ने, और कन्या ने सहर्ष हामी भी भर दी। ये कन्या आगे चलकर रानी बनी - रानी त्रिकूटा। सरदार हिम्मत मलिक ने इस इलाके पर राज किया, अपनी खुद की सेना बनाई और कई महल और मंदिर, चौबारे और नहरें बनवायीं। त्रिकूटा कि सिर्फ एक ही शर्त थी, कि यहां माँ रेवा कि सेवा और पूजा होती रहे, हिम्मत हमेशा इस पूजा का भाग बनते और प्रजा बहुत सुख से रहती।

माँ रेवा कि कृपा बनी रही हमेशा, फिर किसी परदेशी आक्रामक की ऐसी नज़र लगी, कि सब कुछ ख़तम हो गया, सम्पूर्ण विनाश। माँ रेवा कि पूजा में बाधा बन के आया वो लुटेरा, और निर्ममता से साम्राज्य को ख़तम कर गया। लेकिन त्रिकूटा नहीं गयी। त्रिकूटा यहीं है, यहीं है!!"

कहती कहती बुढ़िया अचेत हो वहीं गिर पड़ी जहाँ बैठी थी। एलिस और मंगल सुन्न से बैठे हुए थे। इतनी संगीन जानकारी एलिस को कहीं से नहीं मिली

थी अब तक। कुछ देर बाद चुपचाप मंगल उठा और मेमसाहब को भी उठने का संकेत किया उसने। गुमसुम सी एलिस घोड़े से बग्घी तक आयी और अंदर बैठ गयी। तेज ने मंगल से आँखों ही आँखों में पूछा, क्या हुआ इनको? मंगल चुप रहा।

वापस आकर एलिस निढाल सी पलंग में पड़ गयी, मानो ये पूरी कहानी उसने जी हो। तेज और मंगल दो दिन रोज़ बंगले पर आये, लेकिन मेम साहब खोजी दस्ते कि अगुवानी करती हुई, चहकती हुई, मिशन पर नहीं निकली। अंदर से संदेसा आया, अगले हफ्ते हम अगमगढ़ चलेंगे।

* * *

तेज और मंगल के अलावा भी सभी को अगमगढ़ की रहस्यमय कहानियों का पता था। एलिस ने एक दफा आते जाते अगमगढ़ पर दूर से नज़र आती बनावटों के बारे में तेज और मंगल से पूछा था। महावीर से भी बात की थी। अगमगढ़ के महल और वहां होने वाली अजीब अजीब घटनाओं के बारे में एलिस को बताते हुए तेज और मंगल भी कुछ घबरा से गए थे।

अगमगढ़ पर कोई नहीं जाता था, ये जगजाहिर था।

एलिस ने ज़िद पकड़ ली थी, कि तेज और मंगल उसके साथ चलें, उसे अगमगढ़ के महलों का मुआयना करना था। लेकिन महावीर तक ने उसकी इस ज़िद को पूरा करने कि कोई कोशिश नहीं की थी, आदमियों ने तो सिरे से ही मन कर दिया था। एलिस की किसी धमकी का उन पर कोई असर भी नहीं हुआ!

"तेज और मंगल अगमगढ़ जाने को मना कर रहे हैं महावीर जी कुछ कहिये न उनसे?" एलिस ने महावीर से शिकायत की तो महावीर ने सर हिला दिया।

"नहीं मेमसाहब, चाहे आप हमारी शिकायत कर दें ऊपर, हमारे आदमी वहां नहीं जायेंगे। वहां कदम भी रखना खतरे से खाली नहीं है। मेरे तीन सैनिक मैं वहां खो चुका हूँ, अब नहीं जायेंगे वहां।" महावीर तो हाथ ही नहीं धरने दे रहा था!

"खो गए? मतलब? क्या जंगल इतना घना है वहां, कि हट्टे कट्टे सैनिक गुम हो गए?" एलिस हैरान थी!

"गुमे नहीं, मारे गए!" महावीर जैसे किसी तन्द्रा से जाग उठा। एक गहरा अँधेरा उसके चेहरे पर छा गया। आंखें जल उठीं।

"ओह!" एलिस की हैरानी उसकी उत्सुकता को बढ़ा ही रही थी!

"मेमसाहब, आपकी पोथी और डायरी उतना भी कुछ नहीं जानती है, असल ज़मीनी सच्चाई, यहाँ की मिट्टी के सब रहस्य खोले नहीं गए हैं अब तक। पुराने लोग जो यहाँ के हैं, यहीं जन्मे और यहीं मर गए, उन से ज़्यादा कोई खोज, कोई शोध, कुछ नहीं बता सकता। हमारे पहले और उनके भी पहले जो सैनिक हुए हैं, केवल वही जानते हैं, कि अगमगढ़ का रहस्य क्या है।" महावीर इस तरह बोल रहे थे, जैसे उनका कोई अपना खो गया हो काली पहाड़ी पे।

एलिस से कुछ कहते नहीं बना। कुछ देर रुक कर, एलिस कुर्सी से उठ खड़ी हुई, और तैश में उसी पर नज़रें गड़ाए खड़े महावीर को वहीं छोड़, कुछ कदम आगे बढ़ कर बरामदे के दुसरे छोर पर आ खड़ी हुई। उस कोने से रेवा नदी का झिलमिलाता पानी दिखाई देता था, बहुत दूर ही सही। वादी का पूरा नज़ारा था और वहीं उसी नज़ारे का एक और हिस्सा थी - अगमगढ़ ... एलिस कि नज़र उसी पहाड़ी पर अटक गयी। दूर से ही एक किले की दीवार जैसा कुछ दिखाई पड़ता था। एलिस न सिर्फ उस से आकर्षित होती रहती थी, बल्कि एक जूनून जैसा महसूस होता उसे। अब तक रेवांक में की सभी खोजें मानों एक साथ मिलकर अगमगढ़ की तरफ ही इशारा करती हों!

"महावीर जी, आपको अगर तेज और मंगल को न भेजना हो, तो बेशक उन्हें मत भेजिए। आखिर आप उनके अभिभावक की तरह हैं। लेकिन हाँ, आप मुझे जाने से नहीं रोक सकते। मैं तो ज़रूर जाउंगी, और अपना काम पूरा करूँगी। अब आप जा सकते हैं।" एलिस के स्वर में वो दृढ़ता थी जो महावीर ने विरले ही देखी सुनी थी।

महावीर से कुछ पल तो कुछ कहते ही न बना। फिर एकाएक वो मुड़े और सीधे भवन से बाहर निकल गए। चाल में ही वो रोब और रोष, कि धरती हिल जाए। सिपाही सर झुकाये बाहर खड़े थे, चुपचाप महावीर के पीछे हो लिए।

एलिस बरामदे में से रेवा की तरफ देखती रही। रेवा शाम के सूर्य की किरणों में झिलमिलाती रही। धीरे से रात आ गयी। एलिस थक चुकी थी, लेकिन हारती नहीं थी वो।

* * *

अहमद उल उमरी की एक शानदार किताब हाथ लग गयी थी डेनियल के! रानी त्रिकूटा पर कुछ बहुत सुन्दर सा लिखा था, लेकिन सब फारसी में था। डेनियल ने अपने कुछ मिलों से बात की थी इंग्लैंड में, और किसी ने क्रैम्प महोदय का नाम बताया था, जिन्होंने इसका अंग्रेजी अनुवाद किया था। डेनियल एलिस को चौंका देना चाहता था, इसीलिए इस किताब के रेवांक पहुँच जाने के इंतज़ार में था! आज पूरे आठ महीनों के लम्बे अंतराल के बाद ये किताब डेनियल को मिली थी, और एलिस की प्रतिक्रिया जानने के लिए वो बेताब था!

"एलिस! एलिस कहाँ हो?" डेनियल के उत्साह का ठिकाना नहीं था, लेकिन एलिस का भी तो ठिकाना नहीं था! अभी यहाँ, फिर अगले पल कहाँ, उसको खुद भी कहाँ खबर थी? डेनियल आवाज़ देता देता बाहर तक आ गया, तो देखा एलिस की बग्घी आगे, बाहर की तरफ निकल चुकी थी। डेनियल देख रहा था, बग्घी अकेली ही आगे को निकली थी, सुबह का वक़्त था, मालव देश की बयार रेवा को छूती हुई वादी के ऊपर से हलकी हलकी, ठंडी ठंडी बह रही थी और हौले से महावीर अपने घोड़े पर, अकेला ही बग्घी के धूल धूसरित रास्ते पर चल दिया था।

* * *

क्योंकि मैं समय और हवा दोनों हूँ, और मुझे कभी कभी इतिहास भी कह देते हैं, सूत्रधार की हैसियत रखता हूँ। इसीलिए अहमद उल उमरी तुलोमन की त्रिकूटा के जादू को बयां करने वाली इस तिलिस्मी किताब की बात बहुत सहजता से कर सकता हूँ। ये कहानी विंध्याचल में पनपती है, जहाँ न सर्दी बहुत होती है न गर्मी, ज़मीन बहुत उपजाऊ है, धान और गेहूं भी उगाती है, और दालें भी, और अफीमी नशा भी, जिस से चैन की नींद आ जाये।

ये पठार है, जो कई सौ सालों से आस्मां की तरफ देखता हुआ, बारिश और धूप झेलता हुआ, धूल में खेलता हुआ खड़ा है, वहीं, जहाँ रेवा ने बना दिया उसे।

उमरी अकबर के दरबार के एक कवि थे, और उतने लोकप्रिय या शासक-प्रिय भी नहीं थे, कि रत्न कहलाएं तो ज़ाहिर सी बात है, एक ऐसी प्रेरणा की खोज में रहे होंगे जो उन्हें महान मुग़ल बादशाह की नज़रों में चढ़ा दे। एक और बात ये भी थी, कि रेवा दुर्ग, जो धीरे धीरे त्रिकूटा के अस्तित्व में आते आते रेवांक

बन गया, अकबर बूढ़े हो चले थे, पुत्र सलीम की बदतमीज़ियों से आजिज़ भी आ चुके होंगे, ज़ाहिर सी बात है। जो बदलने वाला हो, उसकी नज़र वैसे भी थोड़ी कमज़ोर ही हो जाती है। सलीम ने विद्रोह का बिगुल बजा दिया था, लेकिन बादशाह सुंदरियों पर लिखा साहित्य कभी छोड़ना नहीं चाहता, लम्पटता कभी कम नहीं होती, क्योंकि वह गद्दी कि माया के साथ बंधी हुई आती है, मुफ्त में।

पर तो भी, उमरी को त्रिकूटा की कहानी में वो जादू दिखा होगा, तभी तो उसने कष्ट किये, कवितायें लिखीं। ये. किताब छप नहीं सकी पर। सियासी उथल पुथल में रह गयी यूँ ही। और फिर क्रम्प नाम के अँगरेज़ ने ढूंढ ढांढ के इसका अनुवाद कर दिया, अंग्रेजी में।

डेनियल इन सब बातों से अनभिज्ञ था। उसे सिर्फ अपनी नवविवाहिता पत्नी का दिल जीतना था, उसके काम में सहायता करनी थी। ये सफर थोड़ा आसान बनाना था उसके लिए!

एलिस काफी कुछ जानती थी रेवांक के बारे में, लेकिन सब नहीं जानती थी!

इस किताब में बहुत सी बातें थीं, जो एलिस के लिए महत्व की होतीं, जैसे त्रिकूटा क्यों इस गढ़ की महारानी हुई, पहले कौन आया, क्यों आया - परमार राजाओं के समय से कैसे धार से रेवांक अधिक महत्वपूर्ण हो गया, और फिर अफ़ग़ानों की नज़र इस पर पड़ गयी ----- रेवा ऐसी अनोखी है, जो उलट दिशा में बहती है।

मानव चाहे पूरी तरह से समझ न पाए, लेकिन प्रकृति और इतिहास, ये दोनों अपनी समझ और अपने हिसाब से चलते हैं, मानव बस उन्हीं में अपनी भागीदारी और साझेदरी निकाल लेते हैं।

अफ़ग़ानों ने रेवा का रुख किया, क्योंकि ये नदी व्यापार के लिए नए आयाम खोलती थी। दिल्ली से उतर कर नीचे की तरफ आ गए, और परमार राजाओं को निकल बाहर कर दिया। धीरे धीरे दिल्ली से इनका संपर्क कटने लगा। कोई ख़ास गरज़ भी नहीं थी, क्योंकि मध्य भारत की समृद्ध धरती से इतने संसाधन मिल जाते थे कि दिल्ली से अगर बहुत ज़्यादा दोस्ती रहती तो शायद हिस्सा बाँट भी करनी पड़ती! बहरहाल, मालवा में शांति से अफ़ग़ान शासक

मलाई काटते रहे और धीरे से दिल्ली में सल्तनत मुग़लिया हो गयी। अफ़ग़ानों ने इस धरती पर सिर्फ राज नहीं किया, इसे अपना भी बनाया। हिम्मत मलिक, जो शुजात खान के बेटे थे, असल में बहादुर थे, और मालवा की सरज़मीं से उगे हुए योद्धा और कलाकार शासक थे।

हिम्मत में सरदारी के साथ साथ, एक रूमानियत थी , और ये नशा शब-ए-मालवा की ठंडी, सहलाती हुई सी हवाओं में और भी गहरा हो चला था।

और जैसा कि एलिस को उस खंडहर में बुढ़िया ने बताया था, हिम्मत को त्रिकूटा ऐसे ही एक वन में गाती हुई मिली थी। त्रिकूटा के कंठ कि मधुरता हिम्मत ने खूब आत्मसात कर ली थी। दन्तकथा तो ये भी बताती है, कि हिम्मत ने त्रिकूटा के सामने प्रेम समर्पण तभी कर दिया था, उस से महलों में चलने की गुज़ारिश की थी और अपनी रानी बना के रखने का वादा भी किया था।

त्रिकूटा ने हंस के कहा था, तुम्हारी रानी तब बनूँगी जब माँ रेवा रेवांक से बहेगी और मैं उनके रोज़ दर्शन कर पाऊँगी। हिम्मत को ये बात बहुत जादुई लगी , ठीक वैसी ही, जैसे त्रिकूटा स्वयं थी ! न सिर्फ जादुई, बल्कि हासिल करने में मुश्किल भी, क्योंकि रेवा जहाँ बहती थी, रेवांक उस से २० किलोमीटर दूर और करीब १००० फुट ऊंचाई पर था। उसने माँ रेवा के पास जाकर दुआ की, कि हे रेवा माँ, मुझे आपकी ये भक्त बहुत भा गयी है, और वो मेरी तभी होगी जब आप शहर में से बहेंगी ! पुराने लोग कहानी सुनते हैं कि माँ रेवा ने हिम्मत को बताया कि वो निश्चिन्त होकर रेवांक को लौट जाए, एक झाऊ का पेड़ ढूंढे और उसकी जड़ें खोदे, उसे जो चाहिए मिल जायेगा।

और फिर जैसा कि लोक कथाओं में होता है, झाऊ के पेड़ तले माँ रेवा कि धाराएं मिल गयीं और हिम्मत को उसकी त्रिकूटा हासिल हो गयी !

त्रिकूटा के लिए ऊँचा एक गुम्बद बनवाया गया, जहाँ से रोज़ त्रिकूटा अपनी इष्ट देवी माँ रेवा के दर्शन कर सके। झाऊ के पेड़ के आस पास कुंड भी बना, जहाँ रेवा का पवित्र जल रहता। दोनों बहुत खुश थे, प्रेम सफल हुआ था। मदालस दोनों कला और संगीत में आकंठ डूबे रहते, और एक दूजे में भी। रानी त्रिकूटा गुणी तो थीं ही, गज़ब की रूपवती और बहादुर भी थीं। सरदार हिम्मत के साथ कदम से कदम और कंधे से कन्धा मिला के प्रजा के हित भी देखतीं, और

शिकार, आखेट और नृत्य संगीत में भी हिस्सा लेतीं।

रातें इन दोनों के मिलन की सौगात लातीं, दिन इनके इश्क़ की कविताएँ पढ़ते, और शामें मालवा की गुलाबी सी ठंडक से घुली मिली बाँहों और आँखों में निकल जातीं। अफ़ग़ान शासकों की सख़्ती और हिन्दू राज्यों की प्रजा-प्रियता, त्रिकूटा और हिम्मत की मिली जुली शासन नीति ने इलाके में शांति और समृद्धि को बढ़ावा दिया। लेकिन उमरी लिखते हैं, कि ये सुख संयोग सिर्फ 6 साल चला और उसके बाद, दिल्ली के मुग़ल बादशाह अकबर की बहुत सर चढ़ी दायी माहम अंगा के बेटे अधम खान ने इस फलती फूलती, रूमानी जगह पर धावा बोल दिया। असल में बैरम खान का तभी देहांत हुआ था, बैरम खान, जो अकबर के विश्वस्त और एक तरह से मार्गदर्शक ही थे ... और माहम ने पुल को उनकी जगह रखवा तो दिया था, लेकिन अधम को खुद को सिद्ध करना था, और रेवांक से ज़्यादा शांत और सरल इलाका ही नहीं था दिल्ली के नज़दीक जिसपर कि धावा बोला जा सके।

आक्रमण हुआ, प्रेमी युगल के सपने छिन्न विच्छिन्न हो गए... अधम ने धोखे से हिम्मत को मार गिराया और रानी को बंधक बना लिया। बार बार उनपर ज़ोर डाला गया कि वह आत्मसमर्पण कर दें, और अधम खान के हरम में चली जाएँ, लेकिन एक बार अगर कोई मालवी स्त्री किसी की हो जाये तो फिर किसी हालत में वह अन्य पुरुष के पास नहीं जाती, चाहे जान पर बन आये। फिर ये तो त्रिकूटा थी - मालवा कि पद्मिनी।

बड़े ही विवेक से त्रिकूटा ने अपने आप को अधम के पंजों से बचाये रखा। उमरी लिखते हैं कि रानी ने उस से ये भी कहा, कि जिस तरह अफ़ग़ानों का सर्वनाश करके अधम गुलछर्रे उदा रहे हैं, उन्हें शोभा नहीं देता। उनका भी तो होगा न कोई भगवान, जो देखता होगा ये सब अनीति ?

लेकिन जिसपर काम सवार हो, हवस और अहम् का बोलबाला हो, उसका कोई भगवान् कोई विधाता नहीं होता और वो किसी से नहीं डरता। अधम ने हार नहीं मानी, ये तक कहलवा दिया कि अगर त्रिकूटा स्वयं आत्मसमर्पण कर उसे अपने कक्ष में नहीं बुलवाती तो वह ज़बरदस्ती करेगा। ये बात बहुत ही नागवार गुज़र रही थी त्रिकूटा को, लेकिन इस कदर अधम खान हावी था, त्रिकूटा को

कोई ऐसा रास्ता खोजना पड़ा जिस से न तो खुद की अस्मिता का कोई हनन हो, न ही रेवांक के नाक नीची हो जाय!

खुद ही, अपने ही मुंह से, अधम खान को हाँ कहलवा दी!

सुनने वाले, कहने वाले और बाकी भी सभी हैरान थे, ये रानी जी ने क्या कह दिया! हर शख्स परेशान था, लेकिन किसी को नहीं पता था कि रानी त्रिकूटा के तेज़ दिमाग में क्या है ...

मिलन की रात त्रिकूटा बहुत सजी धजी, सुगन्धित पदार्थों से उसने अपना श्रृंगार किया ... अधम कि महफ़िल में बांसुरी वादन किया, माहौल एकदम रूमानी सा बना दिया था! और वो उसके अंतिम वाद्य क्रिया भी थी क्योंकि जब अधम खान बहुत मदमस्त और उतावला होकर मिलन की आस लिए पलंग वाले अंदर के कक्ष में पहुंचा, तो वहां त्रिकूटा थी ही नहीं!

कहाँ गयी रानी? रानियां और वीरांगनाएं भागती नहीं हैं, बल्कि कूच करती हैं, उस ओर जहां उनके साहस की धार की वाक़ई ज़रुरत हो, न कि लम्पट नवाबों के हरम में दिखावे की वस्तु बन कर जीना पड़े!

* * *

रानी निकल गयीं थीं अपने बेशकीमती ख़ज़ाने की सुरक्षा सुनिश्चित करने! रेवांक की सेना से चुन कर महारथी योद्धाओं की एक टुकड़ी ख़ास ख़ज़ाने की रखवाली ही करने को चिन्हित गयी थी। किसी को ख़ज़ाने की असल जगह बताई नहीं गयी थी, बस चन्द विश्वस्तों को छोड़ कर ...

रानी महल की पिछली तरफ बाग़ के उस पार, जंगल के मुहाने पर लगे झुंझ के पेड़ की तरफ टुकड़ी समेत बढ़ीं। लेकिन टुकड़ी को वहीं मैदान की परले बाजू ही ठहर कर अधम की सेना का इंतज़ार करने के आदेश थे।

"मेरे वीर योद्धाओं! तुम्हें अपनी बहादुरी रेवांक को समर्पित करनी होगी, और वो पल आ चुका है, जब हम हमारे दिव्य कोष की रक्षा के हेतु अधर्मियों से भिड़ जायेंगे! दिखा देंगे, कि जो स्त्री और भूमि का सम्मान नहीं करते, उनका क्या होता है। मैं गुप्त दिव्य कोष की रक्षा के लिए आगे बढ़ूंगी, और आप सभी मातृभूमि और अपनी रानी के मान की रक्षा यहीं से करेंगे! जय माँ रेवा!" रानी

रेवांक

के एक हुंकारे के साथ छोटी, किन्तु तेजोमय वीरों की उस टुकड़ी ने गगन को भी हिला देने वाली जयघोषणा कर दी। रानी अब झुंझ के पेड़ की तरफ सिर्फ चंद विश्वस्तों के साथ बढ़ीं।

झुंझ का वो पेड़ वहां उस स्थल पर अकेला नहीं खड़ा था। वहाँ एक समाधि बनवायी गयी थी, रानी त्रिकूटा के पिता की समाधि। ये जगह सिर्फ इस एक ही कारण से त्रिकूटा को प्रिय नहीं थी, यहीं कहीं से था, ख़ज़ाने का रास्ता भी !

रेवांक की अकूत धन दौलत यूँ ही कहीं नहीं छिपाई जा सकती थी। इसके विशेष इंतज़ाम थे, जो रानी ने करवाए थे। असल में इसी छतरी से ख़ज़ाने वाले तहखाने का गुप्त दरवाज़ा जाता था।

"वीर भद्रों, अब आप यहीं ठहर कर शलु को इस सीमा को लांघ के आगे छतरी की तरफ बढ़ने से रोकें। मुझे मेरे पूर्वजों और रेवांक की ज़मीन की लक्ष्मी को सुरक्षित कर लौटना होगा। अगर मेरे लौटने तक शलु यहाँ पहुँच गया, तो आप अपने अपने अश्वों से ज़मीन में कम्पन करवाएं, मुझे सन्देश मिल जायेगा। किसी भी हाल में शलु को ये जानकारी न हो, कि मैं किस द्वार से निधि भंडार तक गयी हूँ, सब समझ गए हैं ?" रानी के स्वर में एक भय का क़तरा तक नहीं था। विश्वस्त जन एकदम तैयार हो गए।

रानी दृढ़ता से आगे बढ़ीं। सबसे पहले वाली टुकड़ी तक शायद अधम की सेना पहुँच चुकी थी, क्योंकि रेवांक का जयघोष और लड़ाई लड़े जाने की आवाज़ें रानी तक पहुँच रही थीं। अपने घोड़े गिरी को ज़रा जल्दी से आगे बढ़ाते हुए रानी छतरी तक पहुँच गयीं और उतर कर छतरी के अंदर दाखिल हुईं। एक गहरी सांस के साथ उन्होंने अपने पिता और पूर्वजों को नमन करते हुए समाधि के बीचोंबीच कदम रखा। रानी के वज़न, कद काठी और उनके हथियारों के अनुपात के हिसाब से ही गुप्त द्वार खुले, ऐसा प्रावधान किया गया था।

एक झटके में द्वार खुला और रानी ख़ज़ाने को जाने वाली सुरंग में दाखिल हो गयीं।

खज़ाना तहखाने में रखा गया था, और उस तक जाने वाला रास्ता खतर- नाक और कई सारी बाधाओं से भरा हुआ था। प्रवेश करते ही सबसे पहले एक अँधेरा सा हिस्सा था, जहाँ से तीन रास्ते जाते थे। पहला रास्ता ना ना प्रकार के

सांप और बिच्छूओं से भरा हुआ था, जो घुसने वाले को तुरंत डस के परलोक पहुंचा सकते थे। दूसरे रास्ते में चमगादड़ों और ज़हरीले कीड़ों को छोड़ दिया गया था, जो अच्छे से अच्छी वीर सैनिकों की टुकड़ी को भी डरा के भगा दे। और तीसरे द्वार में घुसते ही रानी ने राजा की तरह ही हूबहू दिखने वाला एक पुतला लगवाया था, जो किसी को भी चौंकाने के लिए काफी था। इस पुतले के पीछे उलटी लटकी हुई मशाल लगवाई गयी थी, जिसे जला के संकरे से रास्ते पर आगे बढ़ा जा सके।

ये रास्ता यहाँ के आगे भी कोई बहुत सुगम नहीं था। ऐसा संकरा सा रास्ता बनाया गया था। ये ज़रा उतर चढ़ावों से भरा, नागों से भरा अँधेरा सा रास्ता था, बहुत होशोहवास में इस सुरंग से होकर आगे जाना होता था। इसे इस तरह बनाया गया था कि अगर दूसरी तरफ से कोई आ जाये, तो दोनों लोग हथियारों के साथ एक दूसरे को पार नहीं कर सकते, किसी एक को हार मानकर ही आगे जाना होगा।

सभी जीवजंतु पहरेदारों को नमन करते हुए रानी आगे बढ़ीं। राजा के पुतले को एक तरफ कर, जैसे ही मशालें उनके पास नीचे आयीं, रानी ने मशाल जला ली और कदम फुर्ती से बढ़ाये। पहले एक कुछ छोटा कमरा आया, जो दिखने में हूबहू मुख्य ख़ज़ाने वाले कमरे की तरह दिखता था। यहाँ कुछ पीतल की अश-र्फियाँ और खोटे आभूषण, नकली हीरे और कपडे, सिंहासन और राजमहल की चीज़ें रखी गयीं थीं, जिस से आक्रमणकारी अगर किसी तरह यहां तक आ जाए, तो एक पल को गुमराह हो जाए। रानी फटाफट एक निरीक्षण सा करके आगे मुख्य भण्डार की ओर बढ़ीं।

ख़ज़ाने वाला विशालकाय कमरा कुछ आगे जाकर बायीं ओर को खुला। ये कमरा कोई साधारण सा तहखाना नहीं था। सुदृढ़ खम्बों की मदद से इसे दुरुस्ती से एक गोलाई में खड़ा किया गया था... पिछले कमरे का एक भव्य स्वरुप था ये वाला कमरा। जहाँ तक नज़र जाए वहां तक सोने चांदी की अशर्फियाँ, हीरे, रत्न और दूसरी तरफ सोने के आभूषण के पात्र भरे पड़े थे और तरह तरह के पात्रों में चांदी के मर्तबान खचाखच भरे हुए थे। उस ख़ज़ाने की चमक इतनी थी, कि तहखाने में आती एकदम कम रोशनी के बावजूद भी तहखाना सुनहरा रुपहला

दमक रहा था। जहाँ जहाँ रानी की मशाल की रौशनी पड़ रही थी, वहां वहां दमक पसर रही थी।

एक नज़र में रानी ने सुनिश्चित कर लिया कि सभी कुछ सुरक्षित है। साथ ही एक नज़र अपनी खुद की एक जीवंत सी लगने वाली मूर्ति पर भी डाली, जो ना ना प्रकार के जड़ाऊ रत्नों से लदी हुई थी। दृष्टी इस मूर्ति पर से हटती ही नहीं थी! कलाकार ने जैसे जान फूंक दी थी उस कृति में!

हाथीदांत के बड़े बड़े पलंग, सोने चांदी के वरक वाले बर्तन, आरसे और सिंहासन, चांदी की डोलियां, हाथी घोड़ों के ऊपर लगने वाले रत्नजड़ित आभूषण और सुदूर देशों से आये बहुमूल्य तोहफे... ये सब कुछ, और साथ ही रानी का नवरत्न वाला शानदार सिंहासन जो राजगद्दी की तरह इस्तेमाल किया जाता था - सभी कुछ रानी ने एक तरफ कर दिया। अब उतना वक़्त नहीं था कि सभी कुछ संभाला जा सके, न जाने ऊपर क्या चल रहा था?

आसपास नज़र दौड़ाई तो उसे अपना टूटता हुआ साम्राज्य दिखाई पड़ा ... क्या कर दिया था इन मुग़लों ने! उसका हँसता खेलता रेवांक उजाड़ कीकर की भांति खड़ा था, उसकी आँखों के सामने। लेकिन अभी सब कुछ कहाँ लुटा था? वो ज़िंदा थी, और उसका खज़ाना सुरक्षित था, किसी अधर्मी के कलंकित हाथों तक पहुँचने से पूरी तरह सुरक्षित था। वो फिर से रेवांक बसायेगी, बस वक़्त सही आ जाये!

तभी, धरती के कम्पन से रानी की तन्द्रा टूटी ... शायद अधम खां की सेना ने धावा बोल दिया था! रानी जल्दी से खुद को समेट, तहखाने को एक अंतिम बार प्रणाम कर, कमरे से बाहर निकली और सुरंग में आगे बढ़ने लगी। और फिर, उसने एक ऐसा धमाका महसूस किया, कि उसे लगा ज़मीन ढह ही जाएगी...

वहीं ऊपर ख़ज़ाने को समर्पित टुकड़ी को अधम की गोलाबारूद से लैस सेना ऐसे निपटा रही थी मानो वो चींटियां हों। बहुत ही कम समय में टुकड़ी को पूरी तरह से नष्ट कर अधम ने बस एक आखिरी सैनिक को जीवित रखा था ..

"बता! कहाँ है रानी? कहाँ है खज़ाना? बोल!" उसे अगला थप्पड़ पड़े उसके पहले वो सैनिक मुस्कुराया... चेहरा खुद ही के खून से सना हुआ था, लेकिन वो

मुस्कुरा रहा था।

"ये बता दूँ तो क्या ख़ाक हुआ मैं योद्धा! धिक्कार है मेरी ज़बान पर जो मैंने रानी के राज़ खोले!" सैनिक हँसते हुए बोला तो अधम के सेनापति ने उसकी ज़बान ही काट दी।

"आगे बढ़ो! छान मारो, कोई न कोई सुराग मिलेगा - जहाँ वो मक्कार रानी छुपी होगी ... आगे बढ़ो और जो दिखे, उसे धमाके से तहस नहस कर डालो, चलो!" और अधम की सेना लुटेरों की तरह तोड़फ़ोड़ी, खून खराबा और तबाही मचाती हुई आगे बड़ी।

रानी को ये अंदेशा हो चुका था, कि अभी बाहर निकलना एकदम गलत हो जायेगा, तो वो मशाल बुझा के अंदर ही इंतज़ार करने लगी। धरती काँप रही थी, कितनी सेना भेज दी थी अधम ने ? थर्राती धरती पर धमाके होते रहे, रानी इंतज़ार करती रही। जब हंगामा कुछ थमा, तब रानी छतरी के नीचे वाले गुप्त दरवाज़े के पास आयी। काफी देर तक रानी उस द्वार को खोल कर बाहर जाने के लिए जद्दोजहद करती रही, लेकिन उसे कहाँ पता था, कि अधम की सेना छतरी और उसके आस पास की वास्तुशिल्प को धमाकों से तोड़ फोड़ आगे बढ़ गयी है, और मलबे के नीचे सुरंग का गुप्त दरवाज़ा दब गया है। उसे ये भी कहाँ पता था, कि एक भी सैनिक नहीं बचा है, और शायद अब वो भी ...

लेकिन खज़ाना सुरक्षित था, क्योंकि रानी अब उसकी यक्षिणी बन उसकी रक्षा जो करने वाली थी!

डेनियल की आंखें फटी की फटी रह गयी थीं, ये सब पढ़ कर। अनुवाद पढ़कर भले ही कहानी उसी रूप में न समझ आये, जिस रूप में हुई थी, या लिखी गयी थी, लेकिन भाव और शब्दों के पीछे का मर्म तो इंसान किसी भी भाषा का समझ जाता है। रेवांक के अति विशिष्ट इतिहास के बारे में डेनियल और भी उत्साहित हो गया था! एलिस को भी चौंकाने का इरादा था उसका , लेकिन जब तक ये किताब वो उसे दे पाता उसकी खोजी पत्नी निकल चुकी थी - अगमगढ़ और त्रिकूटा के रहस्यों को समझने ... और साथ था महावीर सिंह। डेनियल सोच में पड़ गया , अब क्या किया जाए ? कहाँ था रेवांक का अथाह लक्ष्मी भंडार ? क्या एलिस उसे ढूंढ लेगी? डेनियल कोठी पर अकेला बैठा इन्ही सवालों में

डूबता उतरता रहा था ...

* * *

अगमगढ़, याने ऐसा गढ़ जिस पर जाया न जा सके !

"मंगल !" एलिस पुकार रही थी। अगमगढ़ की सरल सी लगने वाली चढ़ाई पर आकर एलिस की बग्घी को रोकना पड़ा था क्योंकि आगे क्या हो, किसी पता !

"जी... कहिये मेमसाहिबा" मंगल की जगह जो बोला था, वो महावीर था, और एलिस चकित रह गयी !

"अरे, आपने तो आने से मन कर दिया था न ?" एलिस कह तो गयी, लेकिन बाद में खुद ही पछतायी। महावीर उसका मातहत था, लेकिन उम्रदराज़ भी था, और तजुर्बे में इतना बड़ा तो था ही, कि उस से ऐसी हलकी बात नहीं पूछनी चाहिए थी। पर एलिस काफी हैरान हो गयी थी ... उम्मीद के परे था महावीर का मन बदल पाना। वो बात का पक्का आदमी था न।

"कब से आ रहे हैं मेरे साथ पीछे पीछे आप? जब मैं निकली थी तब आपको देखा नहीं ..." अब एलिस झेंप मिटा रही थी, और अच्छा हुआ कि उसके बहुत कोशिश करने से पहले ही महावीर बोल उठे।

"आपको अकेले अगमगढ़ जाने देना मेरे अंतर्मन ने स्वीकारा ही नहीं, क्या करता। अब चलिए, इस कठिन सफर की शुरुवात करेंगे।" महावीर एलिस के लिए रुके नहीं, चढ़ाई शुरू कर दी। एलिस ने दो पल भी बर्बाद नहीं किये और पीछे पीछे चल पड़ी।

महावीर उग आयी झाड़ियों को काटे जा रहे थे, आगे बढ़ रहे थे। एलिस को बमुश्किल रास्ता दिखाई दे रहा था, लेकिन महावीर के पीछे थी, तो उसे कोई चिंता ही नहीं थी ... महावीर से बेहतर योद्धा उसने देखा नहीं था।

धीरे धीरे उसे पता चल रहा था, कि आखिर इसे अगमगढ़ क्यों कहते थे वहां के लोग। घाना इतना था जंगल, कि दोपहर में भी न दिखे एक हाथ को दूजा हाथ। महावीर सिंह ने एक छोटी सी मशाल बना ली। आग से प्रकृति के किसी भी घटक को काबू में किया जा सकता है, ऐसा इंसान को लगता है।

रौशनी साथ हो तो भय नहीं लगता, ये बात सच है, लेकिन फिर भी, प्रकृति इंसान से बहुत बड़ी और ऊँची है ... प्रकृति को कैद कर लेना चाहता है मनुष्य, और हर बार असफल होता है।

एलिस एक शब्द नहीं बोल रही थी। इतने हलके कदम रख रही थी कि उसके बूटों के मोटे तले से रगड़ खाने वाले पत्तों के चरमराने कि भी आवाज़ न हो। महावीर तो योद्धा था, हलकी सी आवाज़ भी ताड़ जाता था, वरना आम व्यक्ति तो बार बार रुक के देखे, कि एलिस पीछे से आ भी रही है या नहीं। कुछ घंटे भर बेरहमी से झाड़ियों को रास्ते से हटाने के बाद दोनों पहाड़ी कि चोटी तक पहुँच गए।

एलिस ने मशाल की रौशनी में जो नज़ारा देखा, उसकी रूह भी कांप गयी और रोमांच से लगभग उसकी आंखें भी भर आयीं! भारतीय अक्सर बहुत भावुक होते हैं, लेकिन भावुकता कोई नागरिकता नहीं देखती - ये एक मानवीय गुण है। एलिस की सांस फूल सी रही थी, और वो सिर्फ चढ़ाई चढ़ आने के कारण नहीं, बल्कि उसके सामने के नज़ारे के कारण थी!

एक विशालकाय किलेनुमा महल उसके सामने सीना ताने खड़ा था! कहते हैं पानी को सब याद रहता है, लेकिन ये नहीं कहते कि पत्थर भी तो सब कुछ याद रखते हैं! इन पत्थरों ने कौन कौन से राज़ सुने हैं, कैसे कैसे दृश्य देखे हैं, क्या क्या घटा है इनके सामने? इन्हें भी तो याद रहता होगा न सब कुछ!

बहरहाल... एलिस ने कदम बढ़ाये और महल की प्राचीर के पास आ गयी। एक बार मन भर उसने प्राचीर को छुआ, उसकी मिटटी की खुशबु सूंघी। ये एक ऐतिहासिक पल था एलिस के जीवन का।

"मेमसाहब!" महावीर चिल्लाया! एलिस लड़खड़ा गयी थी, शायद कोई सांप का बिल था वहां ...

"मैं ठीक हूँ, चलिए अंदर चलते हैं।" एलिस आगे बढ़ी, और सीढ़ियां लांघ कर बरामदे नुमा लम्बे से प्रांगण में आ गयी। हवा भायें भायें कर रही थी, कंगूरे इतने ऊंचे ऊंचे थे, कि मानो हाथियों के जाने के लिए बनाये गए हों! ये स्थल कितना भव्य और आलीशान रहा होगा! एलिस की आँखों में खज़ाना ढूंढने के सपने तैरने लगे!

उधर महावीर किसी अनहोनी का इंतज़ार ही कर रहा था मानो। ये इलाका त्रिकूटा की वजह से जोखम से भरा था। आजतक जितने भी यहां आये, किसी न किसी कारण से उन्हें उलटे पैरों भागना ही पड़ा था, जान पर बन आई थी। कितने सैनिक खो दिए आज तक महावीर ने इस महल के चक्कर में। सोच के ही पसीने पसीने हो रहा था वो। लेकिन एलिस पर कोई ख़ास असर न था, किलकते हुए बालक कि गति और उत्साह से महल कि मिटटी उठा के थैलियों में भर रही थी, अपनी किताब में लगातार कुछ न कुछ लिख रही थी ये सिरफिरी फिरंगी मेम ... महावीर ज़रा सुस्ताने को रुका, झुक कर ज़रा अपनी मोजड़ी में से रेत निकाली, और पसीना पोंछा... और जैसे ही कमर सीधी की - एलिस गायब!!

* * *

डेनियल घर के बरामदे में इधर से उधर घूम रहा था। कभी कभी अपनों की चिंता ज़रा परेशानी में डाल देती है। पता नहीं एलिस कैसी होगी ... मुँह अँधेरे ही निकल गयी थी न। वो तो महावीर सिंह साथ हैं, लेकिन फिर भी ... डेनियल ने पीछे से तेज और मंगल को भी भेज दिया था। क्या पता कहाँ तक पहुंचे होंगे, मिले होंगे या नहीं ...

किताब से मिली जानकारी ने डेनियल को गहरी सोच में धकेल दिया था। त्रिकूटा और रेवांक के रहस्यों को अब तक डेनियल बस एलिस, ख़ज़ाने के भंडारों की खोज और ऊपर वाले अफसरों की वाहवाही पाने का एक जरिया ही समझ रहा था, लेकिन असल में जब डेनियल ने जाना, तो उसके मन के भाव बदल से गए। इस जगह वह कुछेक सालों से रह रहा था, लेकिन उसने अब जाना था, कि असल तिलिस्म क्या है! शायद गाँव और लोक में प्रचलित, सभी दंतकथाएं कपोल कल्पना नहीं होती ...

"हृदय, तुझे देता है शांति और शीतलता प्रिय मेरा

पर प्रियतम बिन कहाँ है त्रिकूटा के सुकून का डेरा

प्रिय के लिए दौड़ा चला जाता है मस्त पवन बन

काटता है बिन रुके तुम बिन मुझे ये प्रशांत जीवन.."

डेनियल ने रानी के द्वारा विरचित ये कविता पढ़ी तो उसे एलिस से दूर रहने

वाले दिनों कि याद कचोटने लगी । अधम खान के हरम में बैठने के विचार से ही कैसे कैसे ख्याल आते होने त्रिकूटा को ... कितनी घिन आती होगी, औरत की देह को खरीदने और उसपर हक़ जताने वाले सामंतवादी समाज से । अँगरेज़ कैसे भी हों, डेनियल सोच रहा था, कम से कम वो तो नहीं है ऐसा !

अभी भी एलिस का सुन्दर चेहरा, उसकी पैनी निगाहें और मेहनती रवैया उसकी आँखों में तैर रहा था । चिंता करके क्या होगा, उसने सोचा । लेकिन उस से बैठा न गया ... अपना कोट पहना, फीते कैसे, और निकल पड़ा - उसी रास्ते जिस रास्ते उसने पहले एलिस को विदा किया था, फिर तेज और मंगल को... और अब वो खुद भी वहीं जा रहा था । सुबह होने में अभी काफी देर थी, अँधेरे में डेनियल घोड़े पर चल पड़ा । एक अजीब सी मनहूसियत का आभास हो रहा था उसे ...

* * *

एलिस के उत्साह का कोई ठिकाना ही नहीं था । पौ फटी नहीं थी, अँधेरा ही था सब जगह लेकिन एलिस ने एक छोटी मशाल ले ली थी और महल में हर तरफ घूमने लगी थी । कभी ऊँची ऊँची सजी हुई छतें देखती तो कभी नक्का- शीदार खम्बे और झरोखे । उसके रोंगटे खड़े हो रहे थे ... मन में एक ही तलब थी - अब बस खज़ाना मिल जाये !

कभी सीढ़ियां चढ़ने लगती तो कभी दीवारों को छूती, कि कहीं कोई छिपा हुआ कमरा, तहखाना या कोई चोर दराज़ तो नहीं है, इस रहस्यमय किले नुमा महल में ! रानी त्रिकूटा के साथ प्रकृति के नियम लागू नहीं होते थे , कम से कम दंतकथाओं से तो उसने यही सुना था ।

एलिस चली जा रही थी, अँधेरे में टटोलती हुई सी । मशाल की रौशनी महल के घुप्प अँधेरे गलियारों के लिए पर्याप्त नहीं थी । और वो इतनी मगन थी, अपनी खोज में, ढूंढने के नशे में धुत्त, कि उसे होश भी नहीं था कि महावीर को आवाज़ दे ले । जब रोमांच अपने चरम पर होता है तो वो ये नहीं देखता कि जान को खतरा भी हो सकता है, सावधानी रख ली जाए ।

टटोलते हुए आगे बढ़ी, तो हवा का एक ज़ोरदार झोंका न जाने कहाँ से उसकी तरफ आया - ज़ोरदार, जैसे किसी ने फूंक मार दी हो । कोई खिड़की कोई

रेवांक

दर्रा तो था नहीं उसके आगे, लेकिन बर्फीली सी हवा ज़रूर बह रही थी। हवा के झोंके ने एक झटके में उसकी मशाल को बुझा दिया। अब एलिस कुछ घबराई, क्योंकि हाथ को हाथ न सूझे, ऐसे तमस ने उसे घेर लिया। दूर से, जैसे एक गुफा में से उसे महावीर की पुकार सुनाई दी - मेमसाहब!!!

एलिस ऐसे सन्नाटे में खड़ी थी, कि उससे ये भी न हुआ कि उस सन्नाटे को चीरती हुई एक आवाज़ महावीर को लगा दे, कि महावीर सिंह जी, मैं यहाँ हूँ!

और अचानक...

उसे लगा जैसे उसकी दाहिनी तरफ कोई घुँघरू छनक गया। हौले से, बस एक ही बार।

चौंक के जैसे ही उसने दाहिनी तरफ अपने सर घुमाया, बायीं तरफ जैसे एक हलकी सी रौशनी सी हुई।

एलिस अब वाकई काफी डर गयी।

लेकिन डर के आगे अक्सर सवालों के जवाब होते हैं, ये बात एलिस जानती थी। उसने अपने अंदर की सारी मनःशक्ति बटोरी और रौशनी जिस ओर से आयी थी, उसी ओर आगे बढ़ी। चलते चलते एलिस अब एक सपाट से मैदान में आ चुकी थी जो महल के बरामदे के बाहर था, और आस पास उसे कोई दीवार या चौबारा नहीं दिखा, इसलिए उसने अनुमान लगा लिया कि ये खुला इलाका है जो महल का हिस्सा नहीं है, शायद पुराने समय में कोई बाग़ या दीवाने आम की तरह रहा हो!

अब वहां कंटीली झाड़ियों का एक छोटा सा जंगल तैयार हो चुका था, और एलिस आगे न बढ़ कर, अब पलट के अंदर ही जाने को हुई कि अचानक उसे यूँ लगा जैसे मैदान के बीचों बीच कुछ है... ठीक से दिख नहीं रहा था, लेकिन एक अलौकिक सी पुकार उस तक आ रही थी, और ज़रा ध्यान लगा के देखने पर उसने पाया कि आधा गिरा हुआ सा एक सूखा पेड़ मैदान के बीचों बीच है, ठूंठ सा सूखा, लेकिन बस वही एक पेड़ था उस वीराने में ... ये बात एलिस को अजीब लगी। पूरे बाग़ में ये एक ही पेड़ क्यों? और ये छतरी सा क्या था, जिस के बगल से ये पेड़ निकल रहा था? ज़रूर कोई बात है इस पेड़ में ... और वो सावधानी से झाड़ियों के बीच से, धीरे धीरे कदम रखते हुए आगे बढ़ी।

कहीं दूर जंगल में उल्लू बोल रहे थे और रात के अंधियारे में सिर्फ रौशनी के एक कतरे के पीछे बिना मशाल यूँ झाड़ियों में घुस जाना खतरे से खाली नहीं था, लेकिन सन्नाटा ही इतना था कि उसकी हिम्मत भी न हुई महावीर सिंह को बुलाने की! उधर महावीर भी बदहवास सा रानी को यहाँ वहां महल में ढूंढ रहा था लेकिन त्रिकूटा का भय भी ऐसा था कि उसकी भी हिम्मत नहीं हो रही थी कि चिल्ला के पुकार ले मेमसाहब को!

एलिस पेड़ के पास पहुंची तो उसने देखा वहां झाड़ियों के बीच जैसे कुछ रिक्त स्थान से छूटे हुए हैं। ये बहुत अजीब बात लगी उसे, जब सभी कुछ झाड़ियों ने ढँक लिया तो कुछ हिस्से कैसे छूट गए? गौर से देखा तो उसे कुछ हड्डियां और कंकाल नज़र आये, झाड़ियों से घिरे हुए! उसकी हैरानी का कोई पार न था! ये कौन और यहाँ कैसे!? घबरा कर उसने फिर से पेड़ को देखा, और पेड़ के आसपास देखने लगी, शायद कोई और सुराग भी मिल जाएं! पेड़ के आस पास तो कुछ भी नहीं था, हाँ, बस वही छतरी सी थी, जिसे देख एलिस यहाँ तक चली आयी थी - इमारत क्या थी, शायद कभी इमारतरही हो, एलिस ने सोचा, क्योंकि वो मक़बरेनुमा कमरा सा था, जो अच्छा खासा क्षतिग्रस्त हो चुका था। एलिस उसे देख के समझने लगी, और उसने अपने अनुभव से यह पाया कि इस मकबरे से ढांचे को जानबूझ के तोडा गया है, हानि इंसानी आक्रमण से हुई लगती थी, न कि समय या प्रकृति की मार से। अब वह इमारत मलबे का ढेर ही बची थी, बाकी कुछ नहीं। लेकिन हाँ, एलिस ने पाया कि उस पेड़ की जड़ें न सिर्फ उस छतरी के मलबे तक गयी हैं, बल्कि गिरते हुए पेड़ की जड़ें उसमें ही अंदर गयी हुई हैं। मानो छतरी में ही पेड़ ने सहारा लिया हुआ है, और झूल सा रहा है दूसरी तरफ को, वरना तो गिर गया होता!

अचानक एलिस को जड़ों में कुछ चमकता हुआ सा दिखाई पड़ा ... जैसे कुछ पुराना, धातु से बना हुआ कुछ... जड़ों में खोंसा हुआ सा, और अब वो छतरी से कुछ ही दूर, पेड़ की जड़ों के ज़रा हट जाने से बाहर को आ गया था! एलिस को रोमांच हो आया! एक पुरातत्वविद के लिए इस से रोमांचकारी कुछ नहीं होता, कि वो किसी मिशन पर निकले और उसे ऐतिहासिक काल के कोई साक्ष्य हाथ लग जाएं!

उत्सुकतावश एलिस ने एकदम से उस चमकदार चीज़ को मिटटी, पत्थर

और जड़ों के गुच्छे से निकालना शुरू कर दिया। काफी गहरायी से धंसी होने के कारण उसे निकालना मुश्किल हो रहा था, लेकिन एलिस हार मानने वालों में से नहीं थी। उसका पसीना छूट गया, लेकिन एक झटके से वो चीज़ बाहर आ ही गयी! ये तो एक तलवार थी!

उधर महावीर भी अब पसीना पसीना होने लगा था, क्या करे वो? महल के उत्तर से लेकर दक्षिण तक वो घूम आया था, अब उसी रस्ते को उसने पकड़ लिया था, जहाँ से वो महल के अंदर आये थे... लेकिन बार बार महावीर को लग रहा था, कि कहीं वो खो तो नहीं गया? ऐसी मरीचिका थी इस महल में, सभी दिशाएं एक तरह की ही लग रही थीं! कैसे जायेगा अब वो बाहर? क्या करे? क्या महल का मुहाना ढूंढ नीचे चला जाये और मदद बुलाने? क्या करना चाहिए?

एलिस ने जोश जोश में धातु की तलवार तो खींच निकाली, लेकिन वो ये समझ पाती कि इसी पर तो पेड़ का तना टिका हुआ था, उसके पहले ही एक ज़ोरदार गर्जन के साथ सूखा पेड़ धड़ाम से उसी तरफ गिर गया, जिस तरफ वो झुका हुआ था! अब जब ज़ोरदार आवाज़ के साथ वो पेड़ पूरी तरफ से उखड के गिर गया तो उसके ज़ोर से टूटी हुई छतरी का शिखर भी टूट गया और ऊपर से लुढ़कता हुआ नीचे मलबे के ऊपर आ गिरा! ये सब इतनी तेज़ी से हुआ, कि नसीब से एलिस बची वरना शायद जख्मी हो सकती थी। हाथों को सर के ऊपर रख सर को बचाते हुए एलिस एक तरफ हो गयी। ये रात क्या क्या नए नज़ारे दिखाएगी!

नुकीला पत्थर मलबे पर गिरने से वहा के पत्थरो का टूटना वाजिब था लेकिन ये क्या! जहां वो शिखर वाला पत्थर गिरा वहां की मिट्टी नीचे धंस रही थी जैसे मानो नीचे कोई गड्ढा हो।

इतनी ज़ोरदार आवाज़ हुई कि जंगल में भी परिंदे फड़फड़ा के उड़ निकले! एलिस मलबे की धूल में पूरी तरह से सन गयी थी। धंसती हुई ज़मीन को जैसे ही एलिस गौर से देखने लगी, उसे लगा जैसे वहां नीचे जाने का कोई रास्ता है! मिट्टी गिरना रुक गया तो उसने देखा, एक जगह सी बन गयी है जिसमें उतर सकते हैं! तुरंत एलिस नीचे उतर गयी ...

* * *

शून्य को चीरती हुई जो पेड़ गिरने और पत्थर पड़ने की बम धमाके जैसी आवाज़ हुई, वो महावीर ने भी सुनी, और सुनते ही उसका असमंजस एलिस के लिए उपजे आतंक में बदल गया - क्या हुआ? ये क्या फटा? और मेमसाहब तो कहीं...

महावीर ने निपट अँधेरे और चुप्पी में चिल्लाना शुरू कर दिया..."मेमसा-हब! मेमसाहब!" दौड़ते हुए महावीर ने बस महल से निकलने कि ज़िद ठान ली।

मेमसाहब को कहाँ सुनाई देता ये सब? वो तो कब की उस ज़मीन के गर्भ में पड़े सुरंगों के जाल में समां चुकी थी ...

* * *

एलिस नीचे उतर तो गयी, लेकिन जल्द ही उसे समझ में आ गया कि ये अब तक का सबसे मुश्किल और डरावना अनुभव होने वाला है!

सुरंग से नीचे जाते हुए कुछ टेढ़ी मेढ़ी और नुकीले पत्थरों वाली सीढ़ियां थीं, वो भी इस तरह बनायीं हुईं, कि कोई बिना झुके अंदर घुस ही न सके। संकरी सी सीढ़ियों पर बहुत सावधानी से टटोलते हुए एलिस नीचे उतर गयी तो एक जंग लगा दरवाज़ा आया, जिसे धकेल के एलिस ने आसानी से खोल दिया। उसके अंदर एक छोटा सा कमरेनुमा दालान आया, जहाँ से उसे तीन रस्ते जाते हुए दिखाई दे रहे थे, तीन सुरंगों में। इस दालान में बहुत मद्धम सी रौशनी थी, क्योंकि यहाँ ज़मीन से ऊपर से चन्द्रमा और सूर्य के प्रकाश को परिलक्षित कर यहाँ तक लाने का कुछ प्रावधान किया हुआ लगता था, क्योंकि एलिस ने जब इसकी छत की तरफ देखा तो उसे आइना दिखाई दिया! ऊपर से तो सारा ढांचा नष्ट हो चुका था, लेकिन जिसने भी यह गुप्त जगह बनाई थी, उसकी तकनीकी प्रतिभा अद्भुत रही होगी, तभी तो आईने को कुछ भी नहीं हुआ!

दालान से निकलने वाले तीनों रास्ते बहुत घुप्प अँधेरे में डूबे हुए थे, और बिलकुल एक जैसे थे। कौनसा चुना जाए?

* * *

महावीर ने तय कर लिया अब उसे नीचे जाने की तैयारी करनी होगी, तभी मेमसाहब को बचाया जा सकेगा। आखिरकार वो बाहर निकल ही गया, और

रेवांक

पाया की वो उस तरफ बाहर निकला है जहाँ से रेवा के दर्शन होते थे। महावीर चलते हुए एकदम कोने तक पहुँच गया, घबराहट और चिंता में आकंठ डूबा हुआ।

फर्क नहीं पड़ता कि वो अँगरेज़ मेम थी, उसको सुरक्षित रखना महावीर का काम था, और उसमें वो विफल होने की बिलकुल कगार पर था ... इस बात ने महावीर को परेशान कर दिया।

सुबह होने में अभी कुछ देर शेष थी। पूर्णिमा का चाँद अभी भी आकाश में था , अपनी रौशनी बिखेरता हुआ। महावीर ने देखा, वहां से बहुत दूर, सीध में, रेवा चमक रही थी। चांदनी की किरणों में रेवा नदी नहीं थी, बल्कि चांदी की ज़री वाली एक लम्बी सी माहेश्वरी साड़ी थी ... जो रात कि तरह काली तो थी, लेकिन एकदम रुपहली। अचानक हाथ जोड़ लिए उसने - "हे माँ रेवा, मेमसाहब को कुछ न हो!"

* * *

एलिस के सामने तीन विकल्प थे, और वो अभी तक इसी बात से प्रकृतिस्थ हो रही थी, कि वो वाकई ज़मीन के नीचे एक गड्ढे में उतर गयी, अंदर चली गयी, और अंदर कुछ ऐसा है जो उसे अगर मिल जाए तो उसके सब सपने पूरे हो सकते हैं! नाम, पैसे, दौलत, शोहरत! अगर खज़ाना यहीं कहीं हुआ, तो बस, ज़िन्दगी में मौज ही मौज होगी! लेकिन हाँ, उसके लिए जोखिम उठाना भी ज़रूरी है ...

तीनों में से वो कहाँ जाए? एलिस ने ध्यान से ज़मीन को देखा। न जाने कितने वर्षों में यहाँ कोई नहीं आया था ... और उसे बहुत धुंधले से बस एक ही व्यक्ति के पैरों के निशान ज़मीन पर दिख रहे थे। एलिस ने पाया कि निशान केवल जाते हुए हैं, बाहर आते हुए नहीं, और एक पल को वो थोड़ी सशंकित हो गयी। तीसरे रास्ते को ही पदचिन्ह जा रहे थे, और एलिस ने ज़रा मन पक्का करते हुए कदम उसी तरफ बढ़ा दिए।

रास्ता पकड़ते ही उसे ऐसा लगा कि अचानक ऊपर से कोई उसके सामने आ खड़ा हुआ है! एकदम से बहुत नज़दीक आ रहा है...

"हेल्प मी!!! आआआआआआ!!!" एलिस सामने एकदम से आ गए शख्स से बहुत ही ज़्यादा डर गयी, चीख उठी! उसने चीखते हुए ही पाया कि असल में

वो व्यक्ति वैसा का वैसा ही खड़ा है - ओह! ये तो एक पुतला है!!!

धम से एलिस वहीं बैठ गयी। दो पल उसको अपनी धड़कन को स्थिर करने में लगे ... इतनी ज़ोर से अचानक चीखने से उसका गला छिल गया था। सांस ली, राजा के पुतले को एक तरफ किया और अचानक ही उसके सामने ऊपर से मशाल लटक गयी। एलिस की हैरानी हर कदम पर नए नए आयाम छू रही थी।

उसके गुरु ने बताया था, हमेशा मिशन पर अपनी डायरी और एक लाइटर ले जाना नहीं भूलना चाहिए। बस उसी से मशाल जलाकर हाथ में ली और एलिस आगे बढ़ी। अब मशाल से आती रौशनी से सामने का संकरा और कुछ कुछ फिसलन भरा रास्ता साफ़ दिख रहा था एलिस को। रास्ता कभी ऊपर जाता, कभी नीचे, कभी इस ओर मुड़ता तो कभी दूसरी ओर। एलिस आगे बढ़ रही थी, और यहाँ तहखाने में बसी इस भूलभुलैय्या को पार कर अंततः ख़ज़ाने तक पहुँचने की कोशिश कर रही थी ...

उसने बहुत बार कल्पना की थी, रातों में सोते हुए सपने देखे थे, साथ ही कभी कभी खुली आँखों से भी सपने देखे थे... कि अगर उसे त्रिकूटा का रहस्यमय खज़ाना मिल गया तो वो कैसा होगा! कैसे चमचमायेगा, क्या क्या होगा उस ख़ज़ाने में ... वगैरह। खज़ाना मिलने पर उसे कितना सम्मान मिलेगा, पूरे पुरातत्व समाज में उसका उतना ही नाम हो जायेगा जितना मिस्र के खो-जकर्ताओं का हुआ, और उसे वो मान सम्मान और शोहरत उतनी ही प्यारी थी जितना की खज़ाना!

कुछ ही कदम आगे बढ़ी कि एक छोटा गोलाई वाला कमरा सा खुला सुरंग के एक तरफ। ये कमरा आम कमरों की तरह नहीं था, खम्बों की मदद से इसे गोलाकार बनाया गया था। महल की आम वास्तुकला से एकदम अलग, इस कमरे की छत भी कुछ ऊँची सी थी, और बाद में एलिस ने समझा, कि ये असल में ऐसी इसलिए लगती है क्योंकि इसका फर्श नीचे की ओर धंसा हुआ है, और उसे अंदर तक जाने के लिए कूद के उतरना होगा। कमरे में सामान था, शायद सोना और चांदी भी! एलिस एक पल को तो बहुत उत्साहित हो गयी, कूदने को तैयार भी हो गयी, लेकिन उसकी पारखी नज़र ने एक झलक में समझ लिया, कि ये कमरा केवल एक छलावा है, जैसा कि मिस्र की कई कब्रों में पाया गया था। ये इसलिए बनाया जाता था, ताकि अगर कोई फैरो का खज़ाना लूटने आये

तो समझे कि यही असली खज़ाना है, और गुमराह होकर यहीं रखा सब नकली सामन लेकर वापस लौट जाए।

अपने होशो हवास ठिकाने रखते हुए एलिस आगे बढ़ी। ज़रूर मुख्य कमरा आगे होगा, और उसे अब थोड़ा और सावधान रहना होगा, क्योंकि अब रास्ते की मुश्किलें बढ़ सकती हैं। आमतौर पर इसी तरह की संरचना रखी जाती है, जब कुछ बहुत बहुमूल्य हो आगे...

एलिस यही सब सोच रही थी, कि तभी उसे भान हो आया, जब सुरक्षा का इंतज़ाम इतना कड़ा है, तो ज़रूर इस ख़ज़ाने से बहुत सी अलायें बलाएं भी जुडी होंगी ... मिस्र की जितनी भी कब्रों को खोला गया, खज़ाना निकला गया, कोई न कोई दुर्घटना ज़रूर हुई कब्रों को लूटने वालों के साथ। हालाँकि ये पुरातत्व-वेत्ताओं में चर्चा का विषय था, लेकिन सुनने में तो इस तरह की बातें आयी ही थीं! अक्सर पुराने लोग बहुमूल्य ख़ज़ानों को मन्त्रों और पारलौकिक शक्तियों से सीलबंद किया करते थे, ताकि लुटेरे दूर रहे। "ये सब मुझे नहीं सोचना चाहिए, मैं विज्ञान की धरती से आती हूँ, न की जादू टोने की!" एलिस ने खुद से कहा... ज़ोर से ... शायद यही गलती हो गयी उस से!!

* * *

डेनियल घोड़े को दौड़ाता हुआ अगमगढ़ के पैठाने तक आ चुका था। उसे दो आकृतियां दिखीं अपने सामने, चढ़ाई शुरू ही की थी उन्होंने। समझ गया कि ये तेज और मंगल हैं, और शायद अभी कुछ देर पहले ही पहुंचे हैं वहाँ।

"तेज! मंगल! रुको मैं भी आ रहा हूँ!"

"अरे आप क्यों आ गए साहब? क्या हुआ? सब खैरियत तो है?"

"मुझे ही आना ठीक मालूम हुआ.. तुम लोग यहीं हो अभी? क्या हुआ? चलो आगे चलते हैं" डेनियल को अचानक लगने लगा था कि एलिस को यहाँ अकेले आने देना उसकी भूल ही थी। अब जल्द से जल्द वो महावीर और एलिस तक पहुँच के उन्हें सही सलामत देखना चाहता था।

धीरे धीरे तीनों आगे बढ़ने लगे। बार बार रास्ते भटक जाते! कितनी पग-डंडियां थीं और भूल भुलैय्या जैसे रास्ते थे, कितने बड़े बड़े मकड़ी के जाल! तेज और मंगल अपनी तलवारों से जंगल के झुरमुट काट रहे थे और आगे बढ़ रहे थे,

ठीक महावीर कि तरह। कुछ वक़्त चलते रहने के बाद, अचानक तेज चिल्लाया : "साहब शायद यही महावीर दद्दा और मेमसाहब वाला रास्ता है, काफी साफ़ किया हुआ लग रहा है, डंठल और शाखायें कटी पड़ी हैं!"

" वाह, शाबाश .. चलो इसी रास्ते पर फिर .." डेनियल को एलिस का आभास होते ही कुछ राहत सी लगी थी, वरना उसका दिमाग तो क्या क्या बुरे ख्याल बना रहा था।

न जाने कैसी होगी एलिस, कहाँ होगी, ठीक तो होगी?

* * *

महावीर ने जब नीचे उतर कर मदद लेकर आने की सोची, क्योंकि धमाका तेज़ हुआ था और जब वो आवाज़ की दिशा में भागा तो उसे कुछ हासिल नहीं हुआ, सिवाय एक कंटीले मैदान में गिरे झुंझ के पेड़ और उसके नज़दीक पड़े आधे टूटे फूटे से एक कमरे के। वो आगे बढ़ कर उस छतरी और ठूंठ की तरफ तहकीकात करने को जाता, उस से पहले ही उसने जंगल से आती एक आहट सुनी। कोई जानवर है, या फिर कोई महावीर को रोकने आ पहुंचा है? कहीं इसी ने तो मेमसाहब का अपहरण नहीं कर लिया?

महावीर सिंह ने माँ भवानी को याद किया, और म्यान में से तलवार निकाल कर सतर्क होकर जंगल की तरफ देखने लगा। आक्रमण हो सकता है, कहीं भी, कभी भी, योद्धा को तैयार रहना पड़ता है! महावीर के कदम अपने आप ही सरसराहट और आहट की तरफ बढ़ चले...

एक जोड़ी आंखें उसको जंगल में से घूर रही थीं। पीली चमकती आँखों में महावीर से आंखें डाल कर देखा, बिना पालक झपकाए। हौले से एक भेड़िया पत्तों में से बाहर निकल कर एकदम धीरे से महावीर के सामने आ खड़ा हुआ था। महावीर ने तलवार की मूठ पर अपनी पकड़ और भी मज़बूत कर ली, अब किसी गलती की कोई गुंजाईश नहीं थी। एक और हलकी सी सरसराहट हुई, महावीर ने अपनी निगाहें भेड़िये की पैनी निगाहों से मिलाये रखीं, और फिर पाया, दो नन्हे भेड़िये भी वयस्क भेड़िये के पास हौले से आकर रुक गए। ये शायद उनकी माँ थी, और महावीर को एलिस के साथ हुई अपनी पहली मुलाकात याद आ गयी ...

* * *

रेवांक

एलिस कुछ कदम चलकर बहुत ही सतर्क हो गयी। अब कुछ भी हो सकता है। उसने मशाल वाले हाथ को उस संकरी सी सुरंग में आगे करके चलना शुरू कर दिया। मशाल की लौ बहुत मध्धम होने लगी ... एलिस को लगा शायद यहाँ पर्याप्त ऑक्सीजन नहीं होगी इसलिए लौ कम हो गई ... लेकिन कुछ कदम चलते ही एलिस ने गौर किया, लौ का रंग अब हल्का हल्का बदल रहा है, मशाल की लौ नीली हो रही है! ज़रूर यहाँ कोई ज़हरीली गैस फैल रही है...

फिर भी ख़ज़ाने का लोभ तो था ही न, साथ ही शोहरत की भूख भी ... वो आगे बढ़ी। कुछ दूर दायीं ओर उसे लगा मानो सुरंग की पथरीली दीवार नहीं है, बल्कि लकड़ी का एक दरवाज़ा है। मशाल अब पूरी तरह से बुझाना ही ठीक समझा एलिस ने। हवा में कुछ तो था, एलिस को लगा जैसे उसकी दिल की धड़कनें बढ़ रही हैं, सांस खींचने में कुछ अधिक प्रयास लग रहा है ... लेकिन उसने ख़ास ध्यान नहीं दिया, क्योंकि उत्साह तो ये देखने का था, कि क्या उस दरवाज़े के पीछे उसके सपनों को साकार कर पाने वाला वही खज़ाना है!

* * *

महावीर और वो मादा भेड़िया एक दूसरे को एक तक देखते हुए बर्फ की तरह जमे हुए थे। महावीर के दिमाग में कुछ नहीं था, सिवाय इसके, कि अगर अपनी तलवार से इस भेड़िये का वध करना पड़ा तो फिर उसकी यह तलवार हथियार नहीं खूंखार हो जाएगी और निर्दोषों का वध करेगी। उसने ये बात अपने सरदारों के सरदार से सुनी थी, कि भेड़िये के ही खून में वो ताकत है, जो हथियार को और भी ज़्यादा बेकाबू और नरभक्षी बना देता है। भारत के कई हिस्सों में यह बात मानी जाती है।

मादा भेड़िया और बच्चे एकदम सतर होकर एक जगह पर बैठ गए थे, लेकिन उनकी मुद्रा में कहीं भी कोई सुकून नहीं था, कोई आराम नहीं, वो पीठ सीढ़ी करके बैठे थे, जैसे एकदम से उठ के हमला कर देंगे। महावीर भी चौकन्ने थे, एक ही स्थिति में खड़े खड़े पसीने में नहा गए थे, और अब मन में एक ही बात थी - एलिस .. कहाँ है ? कैसी है ? ज़िंदा भी है? और फिर अचानक, उसे सुनाई दिया - "महावीर दद्दा ! ओ दद्दा !"

* * *

डेनियल और तेज और मंगल जैसे ही ऊपर पहुंचे, उन्होंने देखा कि एक वीराने ने उस पूरे गढ़ को घेर रखा है। सामने ही सामने महावीर या एलिस के मिल जाने की उम्मीद तो यूँ भी नहीं ही थी डेनियल को, लेकिन इतनी चुप्पी सी होगी, ये भी नहीं सोचा था। जो दूर रहता है, उसे अक्सर ज़मीनी हकीक़त का कोई अंदाज़ नहीं होता। डेनियल ने सोचा, बस जायेंगे, सामने से महावीर और एलिस एकदम सुरक्षित, ख़ज़ाने के संदूक लिए चले आ रहे होंगे और सब ख़ुशी ख़ुशी नीचे चले जायेंगे - कैसी बचकानी सी कल्पना थी! डेनियल को शर्म आ गयी।

"तेज, मंगल, तुम लोग उस तरफ देखो, मैं यहाँ देखता हूँ।" दोनों गुट एलिस और महावीर को ढूंढने लगे। और वहीं कंटीली झाड़ियों के उस पार, जंगल के पास, तेज को दिखी उसके दद्दा की आकृति! खुश हो गया तेज, मंगल को दिखाने लगा ...

"अरे ये तो अपने दद्दा हैं! अकेले हैं क्या?" तेज उत्साहित था ... चिल्ला पड़ा "महावीर दद्दा! ओ दद्दा!"

दद्दा ने पीछे मुड़ के देखा, कहीं ये भी अगमगढ़ की कोई माया तो नहीं!

बस महावीर का तेज की पुकार सुन पलटना हुआ, और भेड़िया परिवार वहां से गायब ...

* * *

कमरे का दरवाज़ा एक ही धकेल में खुल गया। मशाल बुझ चुकी थी, लेकिन कमरा ऐसा दमक रहा था, जैसे अंतरिक्ष हो! कैसे! एलिस ने अंदर कदम रखा, और जो देखा उसे देख उसकी आंखें फटी की फटी रह गयीं! होश फाख्ता हो गए, शरीर थरथरा उठा! उसने अपनी ज़िन्दगी में ऐसा ज़बरदस्त खज़ाना नहीं देखा था। सोने और चांदी के सिक्कों से भरे कम से कम पांच सौ मटके, आभूषणों के अम्बार, बेशकीमती रत्न और भी न जाने क्या क्या! इतना सारा बहुमूल्य सामान उसके सपनों में भी कभी एकसाथ नहीं आया था! ख़ुशी की लहार दौड़ गयी एलिस के पूरे बदन में! वो दौड़ के अंदर पहुँच गयी ... किसी भी चीज़ को हाथ भी लगाने से डरने लगी, कहीं ये सपना तो नहीं? खुद को न जाने कितनी चिकोटियां दे ली होंगी उसने! उसका मन नाचने को करने लगा!

रेवांक

हीरे मोतिओं से जड़े सिंहासन और कीमती रेशम, माहेश्वरी और चंदेरी के सोने के तारों वाले कपड़े के थानों और रत्नजटित सामानों को वह कौतुक से देखने लगी।

बस, उसी पल उसे लगा, अपनी डायरी में उसे सब नोट कर लेना चाहिए, और वह कमर में पीछे की ओर खुंसी डायरी निकलने को हुई तो नज़र एक कोने में पड़ी उसकी... कोई है क्या वहाँ???? कौन हो सकता है... यहाँ तो सांस लेने को भी ठीक से हवा नहीं, पानी नहीं...

ज़रा थक सी गयी थी एलिस, सांस नहीं आ रही थी, थोड़ा खांस के वो उस परछाई की तरफ बढ़ी। क्यों बढ़ी? क्यों नहीं!

नज़दीक गयी तो देखा, रानी त्रिकूटा का एक जीवंत दिखने वाली मूर्ति वहां कोने में गर्व से खड़ी थी। एलिस देखती रह गयी... किस अलौकिक सौंदर्य से रानी त्रिकूटा को बनाया गया था! ऐसे ही नहीं रानी जी को सबसे खूबसूरत महिला माना जाता रहा होगा। इतने सालों पुरानी मूर्ति में भी उनका असली सौंदर्य झलक रहा था!

एलिस रह न सकी... उसे मालूम था, किसी भी पुरानी चीज़ को ऐसे ही नंगी उँगलियों से नहीं छूना चाहिए, लेकिन रानी के सौंदर्य के आगे, उनकी आँखों के सम्मोहन से वो अछूती ना रह सकी! हाथ उठा के एक हल्का सा स्पर्श एलिस ने रानी की मूर्ति का कर ही लिया!

नहीं करना था ...

जब तिलिस्म से कोई चीज़ बंद की जाती है, तो उस तिलिस्म को तोड़ने के लिए बस एक इंसानी छुअन, बस एक हल्का सा स्पर्श भी काफी होता है ... एलिस को लगा जैसे ज़मीन और दीवारें, खम्बे और साजो सामान सब काँप उठे हैं। हल्का हल्का सा धुंआ उस गोलाई वाले कमरे में फैलने लगा। कहीं दूर मानो एक ही साथ कई सारे बम फट गए और धूल का एक सैलाब सा आ गया। हाथी चिंघाड़ उठे, सियार रोने लगे और दुन्दुभियाँ एक साथ बज उठीं - ये रेवांक की रानी त्रिकूटा का अवतरण था!

एलिस को अपने पीछे कोई खड़ा है ऐसा महसूस हुआ। और जैसे ही वो मुड़ी ... उसके मुंह से एक ज़ोरदार चीख निकलते निकलते रह गयी!!! ये क्या!

ये कौन है ! ?

रानी त्रिकूटा साक्षात उसके सामने खड़ी थीं ... और मूर्ती की तरह मुस्कुराते हुए नहीं, क्रोधित, भयानक, किसी और लोक से आयी हुई, मानो सदियों से यहीं इस तहखाने की हवाओं में कैद थीं, और अचानक तिलिस्म के टूटने से सदेह उसके सामने आकर खड़ी हो गयीं !

एलिस के हाथ से डायरी छूट के गिर गयी और उसने अपना हाथ मुँह पर दबा लिया। आंखें बाहर आने को थीं, इतनी बड़ी खुल चुकी थीं ! उसने ऐसा कुछ कभी नहीं देखा था... कभी नहीं ! लेकिन हाँ, सुना ज़रूर था, कि जो आत्माएं मुक्त नहीं हो पातीं, वो यहीं इस दुनिया में अपने जीवित काल वाले स्थानों पर अटकी रह जाती हैं ...

कमरे के दूसरे छोर पर वो खड़ी थी ...

अँधेरे और उजाले के बीच जो एक छलावा होता है न, वैसी ही कुछ !

एक तेज सा था उसके आस पास, जो महारानियों के मुख पर होता है। खुले केश, मस्तक पर बड़ी लाल बिंदी और बड़ी बड़ी आँखें, जो मौत में भी इतनी खूबसूरत लग रहीं थीं, तो जीवंत रही होंगी तो क्या बाला कि सुन्दर लगती होंगी ! एलिस पहचान भी पायी, क्योंकि उसने रानी का मूर्त रूप देख रखा था, वरना उन्हें इस रूप में देख डर और अचम्भे से पहचान भी न पाती शायद।

रानी त्रिकूटा अपने आकाशीय, धुंधलके जैसे अवतार में वहाँ थीं ... और एलिस जितनी डर रही थी, उतनी ही अचंभित और आतंकित भी थी !

और फिर एक झटके में रानी त्रिकूटा उसके एकदम पास, नज़दीक आकर रुक गयीं। अब तो एलिस ज़ोर से चिल्ला ही पड़ी ! भागने को हुई तो पाया अपनी जगह से हिल तक नहीं पा रही है ... बस चीखे चली जा रही है। रानी ने एक ज़ोरदार दहाड़ के साथ उसका चीखना चिल्लाना बंद कर दिया। एक क्षण में एलिस एकदम चुप !

"क्यों आई है यहां?" ये आवाज़ रानी त्रिकूटा के उस आत्मिक अवतार से निकल रही है? एलिस हैरान थी। ऐसी आवाज़ उसने कभी नहीं सुन थी। लगभग वैसी जैसे किसी शेरनी को आदमी की बोली बोलना सीखा दिया जाए...

"मममम वववव ... वो वो .. मैं ...." एलिस के मुँह से कोई शब्द नहीं निकल पा रहे थे, बस ध्वनियाँ निकल रही थीं, वो भी बमुश्किल ...

"ये तूने ठीक नहीं किया अँगरेज़ लड़की ...." त्रिकूटा फिर चीत्कार के साथ बोली, ज़ाहिर ही था, एलिस कि मौजूदगी रानी को बिलकुल नागवार गुज़र रही थी। एक नज़र ऊपर से नीचे एलिस को देखने के बाद वापस रानी ने कहा, "तेरे अंदर एक नन्ही जान पल रही है, वरना अब तक मैं तुझे ख़ाक कर चुकी होती !"

एलिस की चिग्घी बंध गयी। उसके अंदर एक जान पल रही है? ये बात तो उसे भी पता नहीं थी ! और उसी अजन्मे शिशु की वजह से इस भयानक स्थिति में उसकी जान बचने वाली है ! ओह ! कैसा पल है ये !

रानी त्रिकूटा ने हाथ के एक इशारे से एलिस के ठीक बगल में रखा बड़ा सा बक्सा उलट दिया। सारे सिक्के और अशर्फियाँ यहाँ वहां बिखर गए, एलिस के ऊपर भी गिरे, बमुश्किल उसने खुद को बचा लिया। जैसे ही गिरे, एलिस को चटके लगने लगे ! मानो सिक्के अभी अभी भट्टी में तप कर बाहर आये हों ! गरम चटके के घावों से एलिस की तड़प भरी आह निकल गयी, और आँखों से आंसू निकल पड़े।

"सुन लड़की, तेरी जान बक्श रही हूँ, क्योंकि ये मेरे संस्कार के विरुद्ध है की मैं किसी शिशु का वध करूँ। लेकिन तू अब यहाँ दोबारा नहीं आएगी, न ही किसी को ये सब बताएगी, समझी ??? "

लगभग एक चीख के साथ एलिस ने हामी भरी, अपनी ज़मीन पर गिरी डायरी उठायी और वहां से भागी ... घुप्प अँधेरे में दरवाज़े से निकल गयी और बस बदहवास भागती रही, सुरंग में बिलकुल बाहर तक ! न जाने कब उसने पूरी सुरंग पार की, न जाने कैसे अँधेरे में भागती रही, धड़कन धौंकनी की तरह चल रही थी, लेकिन वो नहीं रुकी। न तो ठीक से सांस आ रही थी, शायद सुरंग में बंद कार्बन मोनोऑक्साइड गैस का कमाल था, या की इस सभी घटनाक्रम का, जो एलिस के साथ घटित हुआ था, उसका दिमाग पूरी तरह से सुन्न हो चुका था, आँखें मुंदने को थीं, हालत खराब थी ... किसी तरह गड्ढे से मिट्टी हटा के वो बाहर निकली और एकदम अलसुबह के धुंधलके में शरीर की सारी शक्ति बटोर के चीखी - "महावीर सिंह महावीर सिंह !!! कोई है !! बचाओ !"

अँधेरे का अंत हो रहा था, सुबह होने को ही थी बस... चन्द्रास्त हो चुका था, और आखिरी तारा भी आसमान से गायब हो चुका था। पसीने से लगभग नहा चुकी एलिस अब दौड़ नहीं रही थी, झुंझ के पेड़ से कुछ दूर, निढाल होकर गिर पडी थी वो। उसका दम निकलने लगा था। बेहोश सी उसकी आँखों ने धुंधली सी आकृति देखी, कुछ कुछ महावीर दद्दा जैसी... और पीछे से और भी लोग... आंखें बंद हो चुकी थीं, बेहोशी सी हो रही थी और पूरा शरीर जैसे एक ठन्डे प्रदेश में दाखिल हो चुका था। ये एलिस के दादा वहां क्या कर रहे थे ? और क्या वो इंग्लैंड में अपने पसंदीदा म्यूज़ियम में थी ? ये क्या हो रहा था ? वो गड़बड़ाने लगी .. कहीं उसे सुरंग की गैस से कोई दिमागी परेशानी तो नहीं...

"मेमसाहब ! मेमसाहब !" मानो महावीर की आवाज़ किसी कुएं में, कहीं बहुत दूर से आ रही हो। धुंधलाती आँखों से देखा एलिस ने, कि डेनियल भी वहीं है, उसकी तरफ दौड़ा चला आ रहा है, "एलिस ! एलिस ! तुम ठीक हो ?"

कुछ सुनाई नहीं दे रहा, कुछ ठीक से नहीं दिख रहा ... मैं कहाँ हूँ? मैं कौन हूँ?

डेनियल उसके कंधे पकड़ उसे हिला रहा था, महावीर ने उसे सहारे से पकड़ा हुआ था ... ज़मीन पर पड़ी थी वो, महल के पिछवाड़े वाले इलाके में जहाँ पत्थर ही पत्थर थे, कंकाल, तलवारें और काँटों वाली झाड़ियाँ ... और बस एक गिरा हुआ झुंझ का पेड़।

न जाने कहाँ से एक बिजली कड़की और झुंझ के पेड़ के ठूंठ ने आग पकड़ ली ! तेज हवा का झंझावात आ गया, आग तुरंत पूरे पेड़ पर फ़ैल गयी ... धू धू कर पेड़ जल रहा था, और यहाँ एलिस की हालत बिगड़ रही थी, शरीर ठंडा पड़ रहा था, सांस बहुत ज़ोर से खींच रही थी वो, मानो किसी ने गला घोंट दिया हो ... फिर भी एलिस ने लस्त हालत में डेनियल से डायरी साझा करनी चाही, पर डायरी छूट के उसके हाथों से गिर गयी ...

पन्ना खुला आखिरी, और वहां बस एक ही शब्द लिखा था: खज़ाना।

"अरे ओ ! नींद के शहर के बाशिंदों ! चैन से सोना है तो जाग जाइये .. और दोस्त का साथ नहीं देना है तो भाग जाइये ..."

दोस्तों की टोली का बेताज बादशाह : अमित ! सिर्फ वही था जो ऐसे बुरे जुमले छोड़ के भी बच सकता था।

"यार अमित, तू न खाली बैठा ही मत कर, जान का दुश्मन बन जाता है। इतने बुरे जोक मारेगा पता होता तो पक्का तुझे भागा दिया होता ग्रुप से।" ये रोशन का सुर था। ग्रुप का कूल डूड।

"अबे तुम क्या निकालते मुझे, मेरी वजह से तो ये ग्रुप बना भाई लोगों ! अब ये सब छोड़ो और मुझे ये बताओ कि अपनी आउटिंग का क्या प्लान है? यार मुझे न पॉडकास्ट के वीडियो बना के वायरल होना है और वो इंदौर में डले डले तो होने से रहा .. तुम लोगों को मैं धक्के न दूँ तो यहीं इस निकम्मे प्रिंस के कमरे पे पड़े रहो और यहीं कंकाल हो जाओ .. कब से सब ने हामी भरी है, लेकिन हाथ एक नहीं हिलाते तुमलोग, ये पॉडकास्ट मेरे अकेले का है क्या? देखा न, पॉडकास्ट करते करते कैसा स्टार बन गया है वो बीयर बाइसेप्स।" अमित से वाकई खाली बैठा नहीं जाता था। एक खोजी प्रकार का व्यक्ति, जिसे हर बात में 'रुचि' है, हर बात में 'जिज्ञासा', कुछ कर दिखने की 'आकांक्षा' और भी अन्य लड़कियों के नाम ...

"देखो यार, कहीं भी चलें, बस बोर मत करना वही टिपीकल चीज़ें करवा के। ले दे के वही रूम पे बैठो, दारू पियो, बीच पे चले जाओ, लड़कियां ताड़ो... नहीं कर सकता मैं तो, आय एम आउट।" प्रिंस उकता सा गया था, गोवा के नाम पे।

"अरे भाई तो तुझे कह कौन रहा है हम लोग गोवा जा रहे हैं?" अमित मुस्कुरा रहा था, और उसके हाव भाव से रोशन और प्रिंस समझ गए कि भाई के दिमाग के कीड़ों ने कोई प्लान पहले से बना रखा है। आखिर ये अमित था, कोई साधारण रील्स बनाने वाला नौजवान नहीं !

"कौन जा रहा है गोवा? देखो यार, गोवा का प्लान तो बनता ही कैंसिल

होने के लिए है, इसलिए मैं तो तभी घर पे पूछूंगा जब तुम लोगों का फाइनल हो, बाद में बहुत इज़्ज़त की किरकिरी होती है रे!" ये था आयुष का सुर... आयुष, जो एक बार बोलना शुरू कर देता था तो जल्दी जल्दी बोलता ही चला जाता था। पास होने लायक इसी ने पढ़ाया कॉलेज भर। रट्टू तोता और राजा हरिश्चंद्र की औलाद जो सभी को पार्टियों के बाद संभालता था, क्योंकि ये भाई सिर्फ नींबूपानी ही पीता था।

"ओ माट्साब, रुको ज़रा, सबर करो!" हिंदुस्तानी भाई की तरह हाथ और आंखें नाचता हुआ अमित बोला तो सब हंस पड़े।

"देख यार अमित, तू न फंसवा देता है तेरी खोजी पत्रकारिता के चक्कर में, और ये गोवा दो बार हो गया तो अब मैं तो जाऊंगा ही नहीं। गए दो बार हैं, प्लान अपने बीस बनके कैंसिल हो गए, लो बताओ ----" चश्मा ठीक करते करते धाराप्रवाह आयुष बोल ही रहा था।

"भाई रुक जा, मेरे भाई!" रोशन ने धौल जमा दी आयुष के कंधे पे, बेचारा गिरते गिरते बचा। रोशन था भी तो तगड़ा, जितना समय जिम में देता था उतना दुकान पे दे देता तो उसे उसके बापू अपना इकलौता वारिस बना देते। "ये अमित कुछ और खिचड़ी पका रहा है... हाँ तो भैये बता न कहाँ का मूड बन रहा है तेरा?"

"रेवांक का!!" अमित विजयी मुस्कान के साथ उछल के बीन बैग से खड़ा हो गया।

"क्या!......" तीनों दोस्त एक साथ बोल पड़े। रेवांक का इंदौर से कुल दो घंटों का सफर था, और हर कोई स्कूल से कम से कम दो दो बार वहां जा कर आ चुका था, पहले ही! तीनों पेट पकड़ के हंसने लगे। इस अमित ने ऐसा प्लान बनाया था, जिसमें बनाने जैसा ख़ास कुछ था ही नहीं!

"अरे गधों, हंस क्यों रहे हो?" अमित असल में कुछ आगे भी बता रहा था, लेकिन दोस्तों की टोली ने पहले से ही उसकी खिल्ली उड़ानी शुरू कर दी थी। "मेरी बात तो सुन लो पूरी?"

"भाई तेरे से ऐसी उम्मीद नहीं थी " प्रिंस लोट लोट के हंस रहा था और रोशन ने माथा पीट लिया था। आयुष बस मुँह खोले हैरानी से अमित को देखे जा रहा था। "यार तुझे हम प्रायमरी स्कूल के बालक नज़र आ रहे हैं क्या कि

पिकनिक ले जा रहां है हमें ?"

"बस एक टेम्पो ट्रवेलेर बुक करने कि देरी है .. बाकी मेरी मम्मी तो बिलकुल मना नहीं करेंगी, आलू की सूखी सब्ज़ी और पूरियां भी बना के पैक कर देंगी, कहो तो ! !" प्रिंस आंसू पोंछते हुए बोला। हँसते हँसते उसकी आंखें भर आई थीं।

"तुम लोग न, बिलकुल ही नालायक हो यार ... अरे, देखो, एक तो घर परिवार से रेवांक जाने के लिए कोई जद्दोजहद नहीं करनी पड़ेगी। गोवा का तो नाम लेना भी बैन है मेरे घर में। दूसरा, अभी अगले हफ्ते ही वहां रेवांक उत्सव होने वाला है। पर्यटन विभाग का कार्यक्रम, तो वहां मौज मस्ती के साथ साथ गोरी फिरंग लड़कियों के भी आराम से दर्शन हो जायेंगे!" अमित मुस्कुराता हुआ बताने लगा तो सबकी बत्ती जली। ख़ास प्लान तो उसका कुछ और ही था ... अपनी खोजी पॉडकास्ट के लिए कंटेंट इकट्ठा करना ...

"हाँ, वाकई, ये है तो दमदार प्लान - भाई मुझे माफ़ कर दे! मैंने तेरा मज़ाक उड़ाया तू तो देवता आदमी है, धन्य है!" प्रिंस अमित के कंधे भींचता हुआ बोला। "भाईयों, गाडी तुम्हारा भाई चलाएगा, चलो रेवांक!"

उत्साह से प्लान बनने लगा। कहाँ रहेंगे, कहाँ जायेंगे, क्या करेंगे पर चर्चा होने लगी।

"यार लेकिन अपने को टूरिस्टों की भीड़ में क्या दिखाई पड़ेगा, वहां कोई नज़दीक से थोड़ी देखने देगा। ये कार्यक्रम तो फिरंगियों के हिसाब से होते हैं... न कि लोकल जनता के।" आयुष ने चिंता जताई, लेकिन अमित ने व्यवस्था पहले ही से समझ रखी थी।

"अरे तुम लोग चिंता क्यों करते हो, भाई है न तुम्हारा - मैंने सब इंतज़ाम कर रखा है। तुम लोग बस हाँ बोलो और चल पड़ो।"

--- "अरे माँ, तुम दो न दुर्गेश न नंबर! ऐसे मत करो यार, हमारा प्लान चौपट हो जायेगा!" अमित की अपनी माँ से ठनी हुई थी, और माँ को मनाते मनाते बहुत देर हो गयी थी।

"तू समझ नहीं रहा है अमित... इतने सालों से हमारे समबन्ध एकदम कटे

हुए हैं। ज़मीन के झगडे के और बंटवारे के बाद तेरे पापा ने चाचा जी के घर के किसी सदस्य से मिलना तो दूर, नाम तक लेने से मन कर दिया था। इतने साल बाद अब कहाँ से दूँ तुझे दुर्गेश का नंबर? वो अपने पापा को बताएगा, फिर बात बढ़ेगी ... " माँ चिंतित होकर कह रही थीं।

"अरे माँ उस बात को अब कितने साल हो गए हैं। पापा होते तो अलग बात थी, अब पापा तो हैं नहीं और मुझे कोई बुराई नहीं नज़र आती इसमें। बस थोड़ी सी मदद ही तो मांग रहा हूँ! वो रेवांक उत्सव की सिक्योरिटी देख रहा है। हमारा काम हो जायेगा यार ... मुझे कौनसे रिश्ते निभाने हैं उस से?" अमित गिड़गिड़ाने लगा और माँ को उसकी बात में सार भी दिखा। एक बार की बात है, ठीक है।

"चल ठीक है, ढुँढ़वाती हूँ नंबर। शायद चित्रा दीदी के पास हो ... तू संभल के बात करना उस से! समझा?" माँ की हिदायत सुनकर अमित ने हामी भर दी, और खुश हो गया!

---"हेलो? दुर्गेश भाई?"

"हाँ बोल रहा हूँ, कौन?" दुर्गेश काम में व्यस्त था। इतनी गहमा गहमी थी, रेवांक उत्सव था दस दिन में, और सुरक्षा का ज़िम्मा दुर्गेश की सिक्योरिटी कंपनी को आउटसोर्स किया गया था। सरकार कई तरह के कार्यक्रम करवाती है, लेकिन इतना दल बल हमेशा ही थोड़ी न होता है उनके पास। वैसे भी प्राइवेट एजेंसी जैसा माद्दा सरकारी वाले सिस्टम में होता नहीं है। दुर्गेश बहुत जोश में था, इसी दिन के लिए तो उसने अपनी टीम खड़ी की थी। लेकिन ये फोन लगातार घनघना रहा था।

"मैं अमित बोल रहा हूँ, इंदौर से!" अमित! बड़े पापा का सबसे छोटा बेटा। इतने साल हुए होंगे, इसी से आवाज़ भी नहीं पहचान पा रहा था दुर्गेश। कई छुट्टियां इंदौर वाले परिवार के साथ गुज़र जातीं। दुर्गेश और उसकी बहनें तो शायद एक दो बार ही गए होंगे इंदौर, हाँ, बड़े पापा, बड़ी मम्मी, चित्रा और अमित ज़रूर आ जाते थे गाँव, हर छुट्टी में। खट्टी मीठी यादों से दुर्गेश का मन भरने लगा, लेकिन भावनाएं बहुत हिलोर मारतीं उसके पहले ही गाँव की ज़मीन वाला विवाद और रिश्तों में पड़ी कड़वाहट ने उसके दिमाग में काला रंग उड़ेल दिया।

"हाँ हाँ अमित, बोलो? कैसे हो?" औपचारिकता निभाना प्रोफेशनल्स के लिए कोई बड़ी बात नहीं।

"भाई मैं और मेरी टोली हम सब रेवांक आ रहे हैं, उत्सव देखने। मैंने सुना था आप वहां सिक्योरिटी देख रहे हो? भाई थोड़ी मदद कर दो, होटल नहीं मिल रहा, न ही पास मिल रहे हैं। सुना है इस बार फिरंगियों की बहुत भीड़ आएगी तो सब बुक दिख रहा है ....."

अमित और उसकी टोली! ओहो, बड़ी अय्याशियां चल रही हैं, हमारे बाप की ज़मीन के बल बूते?

"हम्म, भीड़ भाड़ तो बहुत रहेगी, वी आय पी जनता भी बहुत आने वाली है इसलिए थोड़ा सा मुश्किल है लेकिन एक गेस्ट हाउस है जहाँ इंतज़ाम हो सकता है। मैं देखता हूँ। और तुम्हें कॉल करता हूँ, ठीक है?" दुर्गेश खुद को संयत कर रहा था और काम से काम रख रहा था लेकिन इंसान का दिमाग बड़ी विचित्र जगह है। इतना नहीं आसान इसे काबू में रखना।

"और घर में सब कैसे हैं? बड़ी माँ? बड़े पापा?"

"पापा नहीं रहे भाई।"

"क्या?! कैसे? क्या हुआ!" दुर्गेश बदहवास सा हो गया! उफ़, न जाने कैसे उसके पिता सामान वो व्यक्ति गुज़र गए और उसे पता भी नहीं चला... पर ठीक है - अंतिम सूत्र भी उस घर से दुर्गेश का टूट चुका था, वो मुक्त सा महसूस करने लगा।

अमित ने जब तक बड़े पापा कि मौत का किस्सा सुनाया दुर्गेश चुपचाप सुनता रहा। जब बहुत समय बीत जाये और व्यक्ति प्रैक्टिकल हो तो स्मृतियों को मिटाना आसान हो जाता है।

"बहुत बुरा लगा सुनकर .. चलो अब बाकी की बातें यहीं रेवांक में करेंगे, तुम लोग आ जाओ। मैं कुछ बंदोबस्त करवा दूंगा। कितने लोग आएंगे?" अमित से अन्य सभी डिटेल्स लेकर दुर्गेश ने मन ही मन बड़े पापा की स्मृतियों का भी अंतिम संस्कार कर दिया था।

---"चलो यार! कितनी देर लगेगी? हम तेरी बारात में नहीं जा रहे बे

रोशन!" प्रिंस बेचैन हो रहा था।

कंधे पर मुद्दर की तरह बैग उठाये रोशन चला आ रहा था और हंस रहा था। ये प्रिंस भी न! अभी दो घंटे में रेवांक पहुँच जायेंगे, है ही कितना दूर, और ये ऐसे हाय तौबा मचा रहा है जैसे फ्लाइट पकड़नी हो।

"यार प्रिंस इतनी जल्दबाज़ी तुझे कभी क्लासें अटेंड करने की तो हुई नहीं..." आयुष ने चुटकी ली... "लेकिन भाई को रेवांक सबसे पहले पहुंचना है। गोरी मेम होंगी न वहां, तेरा ही इंतज़ार कर रही होंगी, कि कब प्रिंस उतरे और कब हम उसे वरमाला पहना दें .."

"तुम लोग मेरी जितनी चाहे उड़ा लो, समय पर पहुंचाऊंगा तो मैं ही। तो अगर सही रस्ते चलना हो तो फ़ौरन निकल जाते हैं, वरना भैया मैं तो चला।" प्रिंस थोड़ा उखड गया तो अमित ने बीच बचाव किया।

"अरे अरे, रो मत प्रिंस! अच्छा लगेगा, मेम माला पहना रही हैं और तू रो रहा है!!" सभी हंस पड़े तो प्रिंस मुँह फुला के गाड़ी में बैठ गया।

"छोड़ भी दो बेचारे को!" अमित की माँ जैसे सभी की माँ ... अमित के पिता के गुजरने के बाद अमित के दोस्तों ने घर को कभी सूना नहीं होने दिया। माँ को बिज़ी रखने का और खुश रखने का ज़िम्मा सभी ने ले लिया था। आज ट्रिप पर निकलने के पहले वाला नाश्ता सभी को अमित की माँ ने ही करवाया।

"माँ अपना ध्यान रखना!"

"माँ हमें फोन करना, वीडियो कॉल करेंगे!"

"माँ कुछ चाहिए हो तो बताना!" इस तरह कि आवाज़ें गूँज उठीं।

जत्था रेवांक के लिए रवाना हुआ। सड़क के सफर की बात ही कुछ अलग है। वैसे आजकल इंस्टाग्राम के चलते रोड से आने जाने को ज़रा ज़्यादा ही भाव मिलने लगा है, लेकिन फिर भी, अपनी गाडी को अपने तरीके से चलते हुए, तेज़ संगीत सुनते हुए, मनचाहे स्थानों पर रुकते रुकते जाना, सब में अपना अलग मज़ा है। बस, किसी को चलती गाडी में उल्टी-चक्कर वाली समस्या न हो...

"अरे यार रोशन... छी यार!"

"हे भगवान, ये बदबू!!"

"इतना बड़ा मुश्टण्डा है तू लेकिन बस गाडी ६० से ऊपर गयी नहीं, की इसका चालू हो जायेगा खाया पीया बाहर निकालने का!"

प्रिंस जिसकी गाडी थी, उस से तो रहा ही नहीं जा रहा था - "क्यों बे पाड़े, तुझे पचता नहीं है तो खाता ही क्यों है इतना? साला मुफ्त का चन्दन घिस मेरे नंदन! माँ को बोलना चाहिए था इसको नाश्ता ही मत दो... धत्त तेरे की!"

"तुम जैसे दोस्तों का सहारा है दोस्तों, बस थोड़ा सा मैं ट्राई कर लेता हूँ .." रोशन हालत ख़राब होने पर भी मज़े ही ले रहा था सबके; उल्टियों से बेहाल हों भले ही, यारों की यारी नहीं जाती न!

बस यूँ ही हँसते हंसाते, चिढ़ते चिढ़ाते कब इंदौर से रेवांक आ गया, दोस्तों की टोली को पता भी नहीं चला! बस जैसे ही दिल्ली दरवाज़े की ऊँची, कठोर और मज़बूत बाँहों में सिमट जाने का एहसास हुआ, सभी जैसे एकदम से चार्ज हो गए! इस हवा में ही एक आकर्षण सा था, एक जादू सा। जैसे हवाएँ करंट लिए दौड़ रहीं हों, यहाँ से वहां ... ठण्ड की दोपहर ढल रही थी, शाम से ही रेवांक महोत्सव का रंगारंग कार्यक्रमों का सिलसिला शुरू होने को था, और ये मंडली अभी से रेवांक की हवाओं में घुल सी रही थी!

सभी चुप थे, घुमावदार रास्तों से होते हुए गाडी सरलता से नयी बसाहट की ओर बढ़ रही थी और जादू वाला एहसास और भी गहरा होता जा रहा था! सभी ने एकसाथ महसूस किया जैसे ढलती दोपहर लालिमा बिखेर रही थी, वैसे ही सुरूर उनपर भी छा रहा था ...

मालवा में शामें कुछ अलग ही छटा लिए रहती हैं। ये माहौल हर जगह नहीं मिलता। और शाम से भी ज़्यादा रूमानियत है मालवा की रातों में। सुबह ए बनारस, शाम ए अवध, शब् ए मालवा - ये मुग़लों ने माना और तभी जाना जब मालवा की नशीली रातों का तजुर्बा लिया ...

रानियों की शक्ति भी रातों की तरह ही होती रही है, मालवा हो या हिन्दु-स्तान का कोई भी हिस्सा हो। जैसे रात में दिन जैसा तेज तो नहीं होता, लेकिन एक शीतलता होती है, जो किसी को भी अचंभित कर दे.. साथ ही ऐसी मोहकता भी होती है जो जादू से भर दे! रानियों में शक्ति तो होती है, लेकिन वैसी नहीं जो जला के रख कर दे, ऐसी, जो मोहब्बत से कुछ भी करवा ले!

लेकिन वीरांगनाओं में रातों वाली नहीं, आग वाली बात है। सूर्य जो काम दूर से जल के करता है, अग्नि उसे बहुत निकट से, बहुत तेज़ी से, बहुत तीव्रता से कर डालती है। सम्मान करो तो जलाती नहीं केवल आंच देती है, और हाथ डालोगे तो भस्म कर देगी।

"रानी त्रिकूटा का महल था न, पहाड़ी पे, वहां होगा रौशनी वाला लाइट एंड साउंड शो .. वहीं गाडी घुमा ले, पहले वहीं चलते हैं वरना लेट हो जायेंगे .."

"अरे पहले होटल वगैरह का तो तय हो जाए, वरना रात भी रानी त्रिकूटा की छांव तले गुज़ारनी पड़ेगी समझे सर .. और इस रोशन ने जो कांड किया है उसकी साफ सफाई भी तो लगेगी!" ये आयुष का सुर था। "भाई तेरे कज़न ने क्या कहा था, ज़रा फोन तो कर दुर्गेश भैया को, तो इंतज़ाम समझ में आये ... प्रिंस तू साइड में ले गाडी ..." अमित को भी ये बात ठीक लगी। पहले रहने का तो ठीक हो जाए .. कार्यक्रम तो करने ही हैं अटेंड।

तुरंत फ़ोन दुर्गेश को मिलाया गया।

"यार उठा नहीं रहे हैं भाई .." अमित ज़रा चिंतित हो गया। ये ऐन मौके पे दुर्गेश फ़ैल गया तो मुश्किल हो जाएगी। सबको वापस इंदौर जाना पड़ेगा। फिर कैसे होगा वो वायरल? पॉडकास्ट कैसे होगा?

"कुछ नहीं होता, काम में होंगे, तू फिर से लगा" रोशन जो अब तक चुप था, बोल पड़ा।

"हेलो! हेलो!" अमित सिग्नल ठीक से पकड़ने के लिए यहाँ वहां चहलक़-दमी करने लगा... दोस्त हंस पड़े।

"ये टावर तो ऐसे पकड़ रहा है जैसे ततैया के झुण्ड ने इसपे हमला बोल दिया हो " प्रिंस कोई मौका नहीं छोड़ता है।

"अरे देखना कहीं ये खुद ततैया में तो नहीं बदल गया! गोल गोल तो ऐसे ही फिर रहा है!" रोशन ने भी अपने सुर मिला दिया।

"क्या तुम मेंटली चैलेंज्ड हो माय ब्वाय?" आयुष बोला तो रोशन और प्रिंस हँसते हँसते गिर ही पड़े! ये डायलॉग ज़िन्दगी न मिलेगी दोबारा में भी इतना फनी नहीं लगा था।

"अबे शांति रखोगे क्या नालायकों? हेलो, हेलो! अरे नहीं दुर्गेश दादा आपको नहीं कह रहा हूँ!" अमित चिढ़ गया ... लेकिन वहां फोन उठा लिया गया, लाइन पर दुर्गेश था।

"हाँ अमित, बताओ? आ गए क्या?"

"दादा, हम घुसे हैं अभी दिल्ली दरवाज़े से अंदर ही, कहाँ आएं?" अमित थोड़ा ज़ोर से बोल रहा था, क्योंकि दुर्गेश के पीछे से बहुत डिस्टर्बेंस आ रही थी। दोस्त सब कानों पर हाथ रख के ओवरएक्टिंग करने लगे, जैसा कि अपेक्षित था!

"यार अमित, मैं बहुत शोर में हूँ, लेकिन तुम्हारा इंतज़ाम सरकारी गेस्ट हाउस में करवा दिया है, ढूंढ ढांढ के पहुँच जाना, और मेरा नाम बता देना... हेलो! हेलो? सुन रहो हो न? और हाँ, यहाँ सब निपट गया तब मैं तुम लोगों से मिलने वहीं आ जाऊंगा, फिर अपन साथ में कार्यक्रम में चलेंगे... उद्घाटन का समय साढ़े छः का है!" दुर्गेश भी लगभग चीख ही रहा था।

अमित ने फोन रखा और प्रिंस से गाडी बढ़ने को कहा। अब गूगल बाबा की जय बोलते हुए आगे बढ़ना होगा।

* * *

पूरा रेवांक किसी दुल्हन की तरह सज रहा था। चारों तरफ रंग ही रंग थे, बम्बई से पार्टियां आयी हुई थीं, साज सज्जा के लिए। महल के आस पास वाला इलाका एक एम्फीथिएटर की तरह रच दिया गया था, जहाँ बीच में रानी त्रिकूटा और रेवांक के इतिहास पर प्रस्तुतियां होने वाली थीं, और आस पास गोलाई में दर्शकों के बैठने की व्यवस्था थी। लेसर शो होने वाला था, प्रस्तुति सभी को अच्छी तरह से दिखे उसके लिए बड़े बड़े टीवी लगाए जा रहे थे और लाइट एंड साउंड शो के लिए बड़े बड़े स्पीकर लग रहे थे। सभी दोस्त तैयारियों की गहमग-हमी देखते देखते आगे बढ़ रहे थे! पूरे माहौल में एक तरंग थी!

वहां दुर्गेश काम तो करवा रहा था, लेकिन उसके मन का एक हिस्सा अमित और उसके साथ वाले इतिहास में ही अटका हुआ था। सारी चेकिंग वगैरह हो जाने के बाद, अपनी पूरी टीम को सारे निर्देश दे चुकने के बाद दुर्गेश लगभग साढ़े पांच बजे गेस्टहाउस की तरफ बढ़ा।

गाड़ी जैसे ही गेस्टहाउस के बाहर रुकी, अमित वहीं चहलकदमी करता और फ़ोन से रिकॉर्डिंग करता हुआ दिख गया दुर्गेश को। ये लड़का तो वैसे का वैसा ही है ... न जाने कितने साल पहले देखा था इसे, वैसी ही मासूमियत और ज़िंदादिली दिख रही थी दुर्गेश को अब भी। अभी तक अमित ने उसे देखा नहीं था। चश्मा उतार के दुर्गेश ने आदतन अपने बालों पर एक हाथ फेरा, मूछों को ज़रा सा अंगूठे के पोर से सही किया और गाड़ी से उतर के दरवाज़ा बंद करने लगा। गाडी लॉक होने की आवाज़ से ही अमित ने पीछे मुड़ के देखा तो उसके दुर्गेश दादा चले आ रहे थे! अमित तुरंत दुर्गेश की ओर बढ़ा। उत्साह से पहले तो गले लग जाने के लिए हाथ बढ़ा दिए, लेकिन फिर कुछ ठिठक के एक हाथ बढ़ा थोड़ा झुक गया, जैसे पांव छू रहा हो।

"अरे बस बस, कैसे हो भई?" दुर्गेश ने अपनी चिरपरिचित भारी भरकम आवाज़ में अमित के कंधे पकड़ कर उसे सीधा कर दिया। अमित ने महसूस किया कि वर्जिश और अपने काम कि खातिर दुर्गेश भाई की पकड़ में कितना बल था!

"बस दादा, ठीक हूँ.. आप कैसे हो?"

अमित और दुर्गेश, दुर्गेश और अमित - कहने को भाई, पर मन से कितने दूर! वो तो भला हो रोशन और आयुष का कि जल्दी से बाहर आ गए वरना न दुर्गेश को सूझ रही थी कोई बात, न अमित को!

"भाई, आपका बहुत बहुत धन्यवाद, आपने अच्छी जगह रुकवा दिया!" प्रिंस भी अंदर से बाहर आते आते कह उठा।

"हाँ दुर्गेश भाई, कमरे दो हैं, और काफी आरामदायक हैं। आपका बहुत आभार वरना हम तो आ ही नहीं पाते।" ये आयुष का सुर था।

कुछ देर वो सभी वहीं खड़े खड़े बातें करते रहे। चाय आयी, बाहर छोटा सा बगीचा था, जहाँ टेबलें लगी हुई थीं। पूरा जत्था वहीं जम गया। अमित और सभी दोस्त यहाँ वहां की बातें करते रहे, और दुर्गेश चुप चुप ही रहा। अमित ने नोट किया और फिर दुर्गेश से पूछा भी।

"क्या दादा! बहुत खोये हुए लग रहे हो। क्या हुआ?" अमित से रहा न गया।

"अरे कुछ नहीं, बस इन दिनों बहुत व्यस्तता रही है, तो नींद भी ठीक से नहीं हुई और काम का प्रेशर भी बहुत रहा... कुछ विदेशी पर्यटकों की भी ज़िम्मेदारी मुझ पर ही है, तो जवाबदारी कई गुना बढ़ जाती है न..." दुर्गेश समझाते हुए बोला।

लगभग ६ बज गए थे, और अब निकलने का टाइम हो गया था, तो दुर्गेश ने सभी से उठने को कहा। सभी चल पड़े, दुर्गेश की गाडी की ही तरफ। उसकी काली खुली जीप एक एडवेंचर लवर, साहसी मालिक होने की ओर इशारा करती थी। सभी जीप में सवार हो कार्यक्रम एम्फीथिएटर की ओर चले। शाम हो चली थी, और उद्घाटन होते ही कुछ ही देर में धुंधलका और अँधेरा होते ही सभी प्रस्तुतियों में मज़ा आ जाने वाला था।

अचानक ही चलते रास्ते, दुर्गेश ने गाडी रेवांक के नामी पांच सितारा होटल कि तरफ मोड़ ली। अमित ठहरा उत्सुक जीव, अचानक पूछ बैठा, "क्या हुआ दादा, यहाँ क्यों?"

दुर्गेश को उम्मीद नहीं थी कि उससे उसी की गाड़ी में सवाल जवाब कर लिए जायेंगे। थोड़ा हकबकाया, फिर उसने बताया, कि वहां उसके फिरंगी मेहमान ठहरे हुए हैं, जिनकी विशेष पूछ परख करना उसकी ज़िम्मेदारी है, तो उन्हें कार्यक्रम के लिए कॉल देने यहाँ आना पड़ा।

सभी शांति से मेहमानों का इंतज़ार गाड़ी में ही करने लगे, और दुर्गेश जीप को एंट्रेंस पोर्च में ही रोक के अंदर रिसेप्शन की तरफ चला गया। कांच की दीवारों के पीछे बड़े बड़े झूमर और कीमती साज सज्जा थी। रौशनी और विलासिता का बोलबाला था। होटल के सभी गार्ड दुर्गेश के अच्छे परिचित थे, कुछ तो उसके मातहत भी थे, इसलिए किसी ने कोई दखल नहीं दिया, न गाड़ी हटाने को कहा उस से।

दोस्त आपस में उस महंगे होटल की बातें करने लगे। किसी को शानदार लॉन आकर्षक लगा तो कोई अंदाज़ा लगाने लगा कि इन्हें एक दिन में कितना खर्चा हो जाता होगा!

अचानक अमित की नज़र कांच की दीवारों के अंदर दिखाई दे रहे दुर्गेश पर गयी, और उस बला की सुन्दर रूपसी पर भी गयी, जो दुर्गेश से बातें कर रही

थी। लम्बी सी वो गोरी मेम एक लम्बा स्कर्ट और बिन बाँहों का टॉप पहने थी, और गले में एक महेश्वरी स्कार्फ़ था, जो शायद उसने मध्य भारत भ्रमण पर ही खरीदा था, क्योंकि स्थानीय और नया सा दिख रहा था।

मासूम सा चेहरा, घुंघराले सुनहरे बाल, लेकिन आँखों में एक पैनापन। अमित ने एक बार जंगल में एक भेड़िये के कुछ बच्चों को देखा था। मासूम से बच्चे कुत्ते के पिल्लों कि तरह खेल रहे थे। लेकिन जैसे ही एक आहट हुई, वो बच्चे एकदम सीधे होकर बैठ गए, सारी मस्ती छोड़ कर। अमित ने ऐसी आंखें देखी थीं, उस जंगल में, उन भेड़ियों कि माँ की निगाहें। पैनी, सतर्क और आग लिए हुए...

दुर्गेश ने उस से हाथ मिलाया, और कांच के दरवाज़े को धकेलता हुआ बाहर आगया। उछल के जीप कि ड्राइवर सीट पर बैठा और भररर से उसने जीप बढ़ा ली।

सभी लड़कों ने ये सारा मांजरा देखा, जो बमुश्किल पांच मिनट का खेल था, लेकिन उन सभी के मन में, और सबसे अधिक तो अमित के मन में बीसियों सवाल दे गया। एकदम से तो किसी ने कुछ न कहा, लेकिन सवाल दिमाग में कौंध रहे थे, कौन है वो सुंदरी, किस देश से आयी है, दुर्गेश को कैसे मिली, कितने लोग हैं साथ में, नाम क्या है मेमसाहब का ... वैसे भी भारतीय आदमी गोरी चमड़ी पर मरता है। रिश्ता तक गोरे चिट्टे चेहरे मोहरे पे फ़िदा होके करते हैं हिंदुस्तानी मर्द, दिमाग और दिल गया तेल लेने।

पूरे रास्ते गाड़ी में सन्नाटा छाया रहा। एक तो यूँ भी देर हो रही थी, का-र्यक्रम शुरू होने को था। दुर्गेश का फ़ोन लगातार बज रहा था। जैसे ही महल आया, सभी लड़के कूद के उतर गए। सभी ने दुर्गेश से पासेज लिए और सीधे उद्घाटन वाली दीर्घा में चले गए। मन में उठते सवाल दबाने पड़े, लेकिन आँखों ही आँखों में तो सवालिया निशान बन ही गए थे।

अमित के जिज्ञासु दिमाग में तरह तरह के प्रश्न उठने लगे लेकिन प्रश्नों के उत्तर हर वक़्त ढूंढना अक्सर थका देने वाला काम होता है। न हर कोई इतनी शक्ति रखता है, कि सवालों के जवाब ढूंढता रहे, न ही सामाजिक परिस्थिति में ये मुमकिन ही होता है। अमित उन लोगों में से था जो अकसर कभी न कभी प्रश्नों

के हल ढूंढ ही लेते हैं, लेकिन इस बार चुप्पी ही बेहतर थी।

एक विशाल जनमानस गेट की तरफ हो हल्ला करता हुआ प्रतीत हुआ, तो सभी लड़कों का ध्यान मुख्य अतिथि की ओर गया। मुख्यमंत्री जी सारे दल बल के साथ स्टेज की तरफ बढ़ रहे थे। साथ में थे दुर्गेश भैया और उनकी सुरक्षा कर्मियों की टीम। सरकारी कमांडो तो थे ही, लेकिन उस पूरे जत्थे को सुरक्षा के घेरे में दुर्गेश के नेतृत्व में सभी गार्डों ने रखा हुआ था।

अमित को एक मिनट को थोड़ा रश्क हो आया। दुर्गेश बहुत बड़ा तो नहीं, लेकिन कम से कम उस से बड़ा आदमी तो बन ही गया था। अमित ने पिता का कारोबार छोटी उम्र में संभाल लिया। संभाल क्या लिया, संभालना पड़ा ही।

दुर्गेश ने इतने साल कसाले में ही काटे होंगे, क्योंकि चाचा तो मामूली सर्विस में थे, कहाँ थे बहुत से पैसे? ऊपर से बहनों की ज़िम्मेदारी ... लेकिन मेहनत के अपने अपने रूप हैं - अमित अब कर रहा है, पिता के जाते ही उसने धंधे की नस पकड़ ली। और दुर्गेश ने सालों लग के, जूनून के साथ निभाई गरीबी, और फिर यहाँ तक आ गया !

लेकिन कुछ फाँसें चुभी ही रह जाती हैं, जब दोनों भागीदारों को लगने लगता है की सामने वाले की ज़िन्दगी मेरी ज़िन्दगी से बेहतर है, और दबी हुई चिंगारियां सतह पर सुलगने लगती हैं।

मुख्यमंत्री जी को सहूलियत से स्टेज पर पहुंचा के दुर्गेश स्टेज के एक कोने में खड़ा कार्यक्रम देख रहा था, और साथ साथ यदा कदा उसकी आंखें भीड़ का मुआयना भी करने लगती। एम्फीथियेटर खचाखच भरा हुआ था। पीछे तक जनता कुर्सियां घेरे हुए थी और कार्यक्रम का उद्घाटन देख रही थी। लेकिन दुर्गेश की आंखें किसी और को ही देख रहीं थीं ... और ये अमित देख रहा था।

अचानक अमित ने पाया कि दुर्गेश कि आंखें भीड़ में किसी को खोजते खोजते ठहर गयीं हैं। उसने ठहरी हुई निगाहों का अनुसरण किया तो पाया वही सतर निगाहों और घुंघराले सुनहरे बालों वाली मेम दर्शकों में बैठी है कोने ही कोने में, और निगाहें मिलती हुई, आँखों में एक अपनेपन का भाव उतरता हुआ देख रहा था अमित। भीड़ के बीच कोई अपना मिल जाए, वो भाव निगाहों में। अमित कार्यक्रम से ज़्यादा इस आँखों के वार्तालाप में दिलचस्पी ले रहा था। अब

तो भाई से पूछना ही पड़ेगा, इस कन्या का रहस्य!

* * *

मालिनी अवस्थी जी लोककला की ऐसी मिसाल रहीं हैं, जिनका कोई मुकाबला नहीं, कोई सानी नहीं। इतने बड़े कार्यक्रम में अगर आकर वो गायन प्रस्तुत कर दें, तो कार्यक्रम की शोभा बढ़ जाए!

पूरी भीड़ झूम रही थी, मालिनी जी एक से एक ठुमरियाँ और दादरे सुरों में पिरो रहीं थीं! समां बंधा हुआ था। मज़ा आ रहा था। तरह तरह की लाइटों से पूरा प्रांगण दैदीप्यमान था। और महल की दीवारों के सहारे भी हलोजन लगाए गए थे, ऊपर की ओर मुंह किये हुए और महल की प्राचीरें जगमगा रहीं थीं। सुरों में वो कमाल का जादू था कि भाषा की सीमाओं का कोई अर्थ ही नहीं रह गया था। जितना इस सुमधुर संगीत को हिंदुस्तानी दर्शक सुन कर आनंदित हो रहा था उतना ही विदेशी भी!

और कोई और भी तो था, जो इस संगीत कि धुन पर मुग्ध था!

सबसे पहले इस से आयुष रूबरू हुआ।

जब मालिनी जी की ठुमरियों पर पूरा पंडाल मगन होकर झूम रहा था, आयुष को कुछ घबराहट सी होने लगी, और बाहर निकलने को वो जगह से उठा। भीड़ से बाहर, पंडाल के एंट्री से जब वो निकल आया तो वहां कुछ ठंडी हवा और राहत मिली उसे। आयुष ज़रा चहलक़दमी करने लगा। चलते हुए महल की ऊँची दीवार से कुछ लग के खड़ा हो गया। आज का आसमान पूरी तरह से साफ़ था, तारे और नक्षत्र टिमटिमा रहे थे। चांदनी बरस रही थी।

घबराहट के कारण और कुछ धूल की एलर्जी से उसे ठीक से सांस नहीं आ रही थी, तो वो आंखें बंद करके, सर को ऊपर पीछे की और झुका के ज़रा सुस्ताने लगा था। कुछ बेहतर महसूस करने पर आयुष ने पानी पिया, और आंखें खोलीं।

और फिर... जब आँखें खोलते ही नज़र महल की प्राचीर के सहारे ऊपर की ओर फिसली, तो ऊँची मीनार पर उसे एक साया दिखा, जो स्त्री की ही आकृति थी, क्योंकि उसके शरीर की बनावट की छाया, उसकी वस्त्रों की हवा में उड़ती हुई आकृति से आयुष को यही समझ में आया। इतनी ऊँची मीनार

रेवांक

पर, इतनी सिक्योरिटी के बीच... कौन चढ़ गया? या यों कहें, कौन चढ़ गयी? वहां हलोजन का प्रकाश नहीं पड़ रहा था, लेकिन गहरी छाया में निश्चित तौर पर कोई तो था वहां!

आयुष ने एकटक उस साये को देखा, लेकिन एक पीछे से कदमों की आवाज़ से उसका ध्यान भटक गया... वहाँ अमित भी आ चुका था।

"क्या हुआ भाई?" फुसफुसा के आयुष से अमित ने पुछा तो उसने सिर्फ इशारे से उसने ऊपर छाया की और संकेत कर दिया।

वो लोग देख ही रहे थे कि रोशन भी उनके पास आ गया।

"क्या हुआ? यहाँ क्यों खड़े हो?"

"यार वहां ऊपर कुछ था ... मैंने देखा ... कोई था वहाँ!"

"हाँ तो होगा न कोई शूट वूट कर रहा होगा न कार्यक्रम का?" रोशन के समझ ही नहीं आ रहा था कि आखिर किसी का साया दिख जाने से ऐसी कौनसी आफत आ गयी?

"यार, वो कोई आम बात नहीं थी!"

"मतलब?"

"मतलब मैं समझा नहीं सकता, लेकिन कोई रहस्यमई सी आकृति थी वहां..."

"अच्छा? फिर? कहाँ गायब हो गयी? कहीं वो गोरी मेम ही तो..."

"अरे यार रोशन, समझ न! इंसान होता तो वहाँ इतनी ऊपर और उस तरह से ... मुमकिन ही नहीं है! तू समझ रहा है न?"

"तुम लोग न, कुछ फूंक फांक के आ गए हो क्या? जानते हो क्या बोल रहे हो?" रोशन हँसता हुआ अमित और आयुष को वहीं मुंह बाए खड़ा छोड़ आगे बढ़ गया। पगला गए हैं, खासकर ये अमित। पॉडकास्ट क्या शुरू कर लिया है इसने हर जगह खुफ़ियापन्ती ही दिखती है इसको।

रोशन कार्यक्रम दीर्घा से निकल कर पीछे खुली जगह में आ गया। क्या मस्त चांदनी रात थी, वाह! और ठंडी ठंडी हवा। हल्का तो होना ही था, लेकिन पहले एक सुट्टा लगा लिया जाए! खुले आसमान तले तारों की छाँव में रोशन ने

जेब से सुट्टे का डब्बा और लाइटर निकाला और होठों के बीच छोटी गोल्डफ्लेक दबा ली। हल्का होने की तीव्र इच्छा तुरंत हो गयी, तो दूसरी तरफ घूम के थोड़ा आगे बढ़ा, क्योंकि वहां आगे से एक ढलान सी थी, जो काफी दूर तक जा रही थी, आगे। वहां आसपास कोई नहीं था। बस हवाओं की आवाज़ थी, और थोड़ी गायन की ध्वनियाँ आ रही थीं उस तक, मालिनी जी की देशज और मिट्टी की सुगंध वाली आवाज़ ...

रोशन के काम ख़तम किया और सिगरेट सुलगा ली। वहीं एक कटा हुआ पेड़ था, जिसके गिरे हुए तने की सतह काफी साफ़ और चिकनी थी, तो रोशन वहीं बैठ गया। अभी अभी जो घटा, उसके विषय में सोचने लगा... ये आयुष भी न, अमित का कीड़ा इसे लग गया है। पता नहीं क्या करेंगे दोनों, इस जगह को भूतिया घोषित करने में लगे हुए हैं। इतने लोग हैं यहां, हरियाली छायी हुई है, लेकिन ढूंढ ढूंढ के ख़ुफ़िया बातें निकालने हैं इन्हें ... पागल ... अब देखो लो, है क्या कोई वहाँ? - और इस विचार के साथ ही रोशन ने जैसे ही सर ऊपर करके उसी मीनार की तरफ देखा जहाँ आयुष और अमित ने साये को देखा था ... उसका संतुलन उस चिकने तने पर से बिगड़ गया, और और वो पीछे की तरफ लुढ़क गया!

रोशन ने अपने आपको गिरता हुआ तो पाया, लेकिन वो एक समतल ज़मीन नहीं थी जहाँ वो लुढ़क रहा था! ढलान से नीचे गिरता गया रोशन और करीब पंद्रह फुट नीचे जाने पर ही खुद को संभाल सका! फोन हाथ से दूर जा गिरा था! और यहाँ तो अँधेरा और भी घुप्प था, क्योंकि दीर्घ तो बहुत अलग ही दिशा और ऊंचाई पर थी, और अब रोशन एक खुले ढलते मैदान में अटक गया था, जहाँ बस चांदनी बरस रही थी!

इतनी रात न होती, और रोशन पंद्रह फुट की गहरायी में गिर के बाल बाल न बचा होता, तो शायद ये जगह रूमानी लगती। लेकिन फ़िलहाल तो रोशन बस किसी तरह निकलने के जुगाड़ में था!

फोन देखा तो सिग्नल का एक भी डंडा नहीं था ... धत्त तेरे की! रोशन ने यहाँ वहां देखा, इस उम्मीद में कि शायद कोई उसे देख लेगा, लेकिन ये तो सुनसान वीराना था, और वो भी भीड़ से काफी दूर।

रेवांक

बस महल कि मीनार ही दिख रही थी यहाँ से, किसी लाइटहाउस की तरह। रोशन अब ताकत लगा के ढलान से ऊपर चढ़ने की कोशिश करने लगा। थोड़ा सा चढ़ता कि फिसलन भरी सतह से रगड़ कर नीचे आ जाता, लेकिन कोशिश तो करते रहना था न... रोशन टहनियां ढूंढने लगा, जिन का सहारा लेकर ऊपर आया जा सकता था। उसने अगली टहनी या जड़ ढूंढने के लिए ज्यों ही सर ऊपर को उठाया... हे भगवान्! क्या था वो!!!!

महल की सबसे ऊँची मीनार पर जैसे कोई बवंडर सा!

या वहां कोई बिजली गिरी?

क्या कोई और ये सब देख रहा है?? या सिर्फ मैं ही... कहीं मुझे कोई भ्रम तो नहीं....?

रोशन अवाक सा हो गया! एक हाथ से उसने अपने सर पर टटोला, क्या पता कोई चोट लाग गयी हो, और पता न चला हो और इस कारण ये सब हैलुसिनेशन...!

जो रोशन को दिख रहा था, वैसा उसने आज तक कुछ नहीं देखा था। बदहवासी में उसे ये भी याद नहीं रहा की अमित और आयुष ने भी तो ऐसा ही कुछ कहीं...?

फ़र्ज़ कीजिये कि बिजली और धुंए को मिला दिया जाये... और उस पदार्थ से रौशनी सी निकल रही हो, मानो अंगारों जैसी धधक... और उसपर पहना दिया जाए महारानियों वाला श्रृंगार... उसे साया कहा जाए तो कैसे? क्या वो साया था? क्या वो प्रकृति के सारे मौसमों और हर एक अदा का मेल नहीं था? इंसान तो प्रकृति का कितना छोटा सा अंश है, लेकिन इसी इंसानी चोले में अगर तूफ़ान और झंझावात के साथ साथ समुद्रों की लहरों और दूब की हरियाली, चांदनी और सूर्योदय की रौशनी एक साथ मिला दी जाए, तो वो दिव्यता वाले आकार को क्या महज़ साया कह देने से काम चल सकता है? ये सब रोशन के दिमाग में ऐसे कौंधा जैसे कोई अँधेरे में एकदम से माचिस जला दे!

रोशन के रोंगटे खड़े हो गए। मीनार पर यही आकृति नृत्य में तल्लीन थी। अद्भुत और इस लोक से परे वाली विलक्षण कला!

महारानी त्रिकूटा को देख लिया था रोशन ने... अब और क्या था देखने को?

मालिनी जी प्रस्तुति ख़तम कर चुकी थीं, और स्टेज से प्रणाम कर रहीं थीं श्रोताओं को... गहमगहमी सी हुई, क्योंकि अब अगली प्रस्तुति होने को थी!

* * *

सुबह कई सवाल लेकर आयी थी अपने साथ।

रोशन का सफ़ेद पड़ गया चेहरा कल रात बहुत कुछ बयान कर गया, और उसके हाथों की खरोंचों से अमित, आयुष और प्रिंस के चेहरों पर हवाइयां उड़ गयीं थीं। उसे संभाल के वापस गेस्ट हाउस लाये तो रोशन ने ड्रेसिंग के वक़्त सब बयान किया। तो ये वही आकृति थी, जो उसे और आयुष को तब दिखी थी, जब आयुष गिर गया था ... वो तो गनीमत है रोशन हट्टा कट्टा था, वरना कमज़ोर आदमी तो शायद हार मानकर वहीं बैठ जाता गड्ढे में, ऊपर आने की कोशिश भी नहीं करता।

जब रोशन ने पूरी कहानी बयान की, अमित को यकीन हो गया कि यहाँ कुछ तो ऐसा है, जो ढूंढने और समझने के काबिल है... एक ऐसी कहानी जो कई राज़ अपने अंदर समेटे हुए थी। क्या वो उस की मर्ज़ी थी, कि हमें दिखा, या यों कहें, दिखीं?

आंख खुली तो सुबह बिस्तर में ही अमित मन बना चुका था कि आज दुर्गेश से उस रहस्यमयी गोरी मेम के बारे में ज़रूर पूछेगा। टोली अभी तक सो ही रही थी, लेकिन अमित कुछ एकांत में चिंतन करना चाहता था। इसीलिए तो आया था यहाँ! पॉडकास्ट करके वाइरल आजकल छोटे मोटे बच्चे तक हो रहे हैं, तो वो क्यों नहीं हो सकता? बस ऐसा कुछ चाहिए था, जो एकदम धमाकेदार हो! ये आजकल कोई भी शेख चिल्ली आके एलियंस और भूत प्रेतों की बातें करता है पॉडकास्ट में और बस हिट हो जाता है। ऐसे बातें बनाने में तो अमित बहुत होशियार है, और जिज्ञासु भी ... अब तो कुछ करना ही पड़ेगा।

न सिर्फ गोरी मेम के बारे में और जानने को अमित बेताब हो रहा था, वो दुर्गेश से उसका परिचय और असल में उनके आपसी सम्बन्ध के विषय में भी जानना चाहता था। आखिर क्या है ऐसा, कि आते जाते दुर्गेश भाई उस लड़की से

मिल रहे हैं, बीच कार्यक्रम में भीड़ में से उसे ढूंढ रहे हैं ? ये गुत्थी तो सुलझानी पड़ेगी ...

वो छाया वाली बात अमित को कचोट रही थी ... कुछ खोजबीन करनी पड़ेगी। क्या पता यहीं से मिल जाए कंटेंट? ये तो बिलकुल ही हिट मामला हो जायेगा - लाखों व्यूस मिलेंगे पॉडकास्ट को, वो मान सम्मान मिल जायेगा जो अमित चाहता है, और उसे और उसके काम को लोग सीरियसली लेंगे!

सुबह सुबह का शांत माहौल था, अमित को शांति से बाहर गार्डन में बैठ के हौले हौले झूला झूलना बहुत भला मालूम हो रहा था। सूरज निकल गया था, लेकिन हवा में ठंडक थी। मन में अभी भी कल के कार्यक्रम की रंगारंग प्रस्तुतियों के गीत महक रहे थे। वाकई बहुत भव्य आयोजन था। आज भी दुर्गेश भाई ने रेवांक घुमाने का वादा किया था , लेकिन सरकारी काम ख़तम हो जाने के बाद।

उत्सव तो हफ्ता भर चलने वाला था। रोज़ कोई न कोई नए नए कार्यक्रम, कोई कार्यशालाएं, फिल्मों कि स्क्रीनिंग, नाटकों का मंचन ... अमित और गैंग पूरी तैयारी के साथ आये थे! एक भी अनुभव छूट न जाए!

अमित के पीछे पीछे रोशन और प्रिंस भी उठ गए थे। सभी बाहर बैठे प्रकृति की छटा को निहार रहे थे, और चाय कॉफी पी रहे थे। सूर्यदेव ठण्ड के महीनों में कई बार अलसाये से रहते हैं सारा दिन, मालवा में .. आज वैसा ही दिन था बस।

"साये वाला मामला... यार इसे हमें सीरियसली लेना होगा ..." अमित की इस कथनी पर सभी ने हामी भरी थी। प्रिंस थोड़ा लेफ्ट आउट महसूस कर रहा था। उसे छोड़ सभी ने उस पारलौकिक आकृति को देखा था, अपनी आँखों से।

यहाँ वहां की बातें होने लगीं। रोशन के उठ कर आने पर सभी उसके हलचल पूछने लगे, उसकी चोटें देखने लगे। अच्छा हुआ ज़्यादा नहीं लगी थी।

"यार किसी ने बात नहीं निकाली है, लेकिन देखा तो सभी ने था यार, तो सीधे मुद्दे पे आता हूँ: वो गोरी मेम...! देखी थी न वो !?" अमित से रहा न गया।

"बिलकुल देखी थी ... और तेरा दुर्गेश भाई कैसे गुलु गुलु हो रहा था उस से वो भी देखा था।" रोशन हँसते हुए बोला तो सभी थोड़े रिलैक्स हो गए।

"यार मुझे पता होता की इस सिक्योरिटी के बिज़नेस में ऐसी गोरी मेम लोगों की पर्सनल सुरक्षा भी करने मिलता है तो इस सब पढ़ाई वढ़ाई के चक्कर में ही न पड़ता मैं ... सीधे बारहवीं के बाद सिक्योरिटी वाला बन जाता।" प्रिंस अपने ही अंदाज़ में यों बोला, मानो सपनों की दुनिया में आलरेडी खो चुका था।

"बेटा वो सिक्योरिटी वाला नहीं है, दुर्गेश बिज़नेस वाला है। मालिक है सब सिक्योरिटी गार्ड्स का, समझा ?" अमित ने बताया। "मेहनत है भाई मेहनत ... लेकिन हाँ, उस गोरी का राज़ क्या है वो तो मैं आज दुर्गेश भाई से पूछने ही वाला हूँ।"

"क्या पूछेगा? ये रिश्ता क्या कहलाता है? थोड़ा ज़्यादा हो जायेगा बे, पर्सनल मैटर में क्यों घुसता है?" आयुष मुंह पोंछते हुए कमरे से आकर कब उन लोगों के साथ बैठ गया था किसी का ध्यान नहीं गया। "तू तो उस परछाई के बारे में सोच, मेरी तो साँस अटक गयी थी बाय गॉड एक मिनट को। अब मुझे याद आ रहा है, वो नाच रही थी वहां ऊपर टावर में, पता है?"

"हाँ, वही देख के तो मैं... लेकिन वहां तो जाना भी अलाउड नहीं है, मैंने देखा था बोर्ड, नीचे लगा था। फिर कैसे ...?" रोशन ने कहा।

"अरे इतनी भीड़ में जब सब सिक्योरिटी का ध्यान स्टेज के आस पास और एंट्री वाली जगह पर हो तो कोई आराम से भीतर घुस सकता है न, लेकिन सवाल है कि इतनी ऊपर न तो उतनी जगह होगी कि डांस किया जा सके, न ही मीनार तक पहुँचने के लिए सीढ़ियां वगैरह होंगी ठीक से, क्योंकि वहां तक पुरातत्व विभाग ने काम करवाए ही नहीं हैं। बस नीचे नीचे ही हुआ है अब तक काम।" आयुष ने बेसिक रिसर्च कर ली थी, लग ही रहा था। "लेकिन यार ये साया .. ये इंसानी हदों से आगे की बात थी, ये कोई आम व्यक्ति नहीं हो सकता। जैसे मनचले नहीं करते, बैरिकेड तोड़ के कहीं घुस जाना, या प्रतिबंधित जगहों पर जाना... ये उस तरह की हरकत नहीं थी। मेरे हिसाब से ये कुछ अलौकिक था... पर पक्का नहीं कह सकते।"

"सिक्योरिटी का बंदोबस्त तो अच्छा था, मुझे नहीं लगता वहां कोई घुसा होगा ..." रोशन ने कहा। "ध्यान था उनका..."

"वैसे भी, सिक्योरिटी तो अन्य स्थानों पर ध्यान केंद्रित किये थी, देखा था

न कल ..." प्रिंस ने चुटकी ली तो सब हंस पड़े !

"कहाँ थी सिक्योरिटी केंद्रित?" अचानक दुर्गेश कि आवाज़ सुनकर सब चौंके।

"अरे अरे भाई, आप... आइये, चाय लीजिये।" अमित ने तुरंत कप आगे बढ़ा दिया।

"नहीं नहीं, चाय नहीं ... बस अभी अभी होटल से पी कर आ रहा हूँ।" दुर्गेश बोल तो गया, लेकिन बाद में उसे लगा, गलती कर दी होटल का नाम लेकर।

"होटल? कौनसी? वो कल वाली? पांच सितारा?" अमित भी परेशान है अपनी इस एकदम से मन में जो आया कह डालने की आदत से !

"अम्म... हाँ वही ..."

"भाई बुरा न मानो तो कुछ पूछूं?

"हाँ पूछो अमित? वैसे मुझे अंदाज़ा है क्या पूछने वाले हो तुम और तुम सभी ..." दुर्गेश ने सबके ऊपर उंगली दिखते हुए कहा। "वह यू के से आयी है। उम्र पच्चीस है। नाम है एना। मशहूर पुरातत्ववेत्ताओं क परिवार से तालुक है उसका लेकिन खुद एक टीचर है, वहीं लंदन में। उसके दादा दादी यहां रेवांक में आये थे, बहुत सालों पहले। अपने परिवार की जड़ों को महसूस करने आयी है और मेरी बहुत अच्छी दोस्त बन गयी है, इतने दिनों में।" एक ही सांस में दुर्गेश ने सब कह डाला।

लड़के एकटक दुर्गेश को देख रहे थे। कुछ बातों पे यकीन कर रहे थे, कुछ पे नहीं कर पा रहे थे।

"बहरहाल, तुम लोगों को इसमें ज़्यादा इन्वॉल्व होने की कोई ज़रुरत नहीं है, एना का तुम लोगों से कोई लेना देना नहीं है। उत्सव ख़तम होगा तो वो अपने रस्ते तुम अपने रस्ते, ठीक है न? अब चलो तैयार हो लो, मैं यहीं थोड़ी धूप सेंकता हूँ। फिर तुम्हें आस पास का इलाका घुमा दूंगा। शाम को कार्यक्रमों के पहले पहले ही वक़्त है, फिर लंच पर तो मुझे भी कुछ काम हैं ..."

"लेकिन भाई ... वो और एक बात ..." आयुष परछाई वाली बात कहने को

हुआ तो दुर्गेश ने वहीं रोक दिया उसे।

"सब बातें बाद में करते हैं। दस बजने आये हैं, संग्रहालय और बाकी पॉइंट सब खुल जाते हैं, फिर देर होगी तो सब जगह भीड़ भाड़ हो जाएगी और तुम्हें ही असुविधा होगी। जल्दी से पहले निकलने की जुगाड़ करें यहाँ से, बाकी सब बाद में।"

सब दोस्त उठ खड़े हुए और चल पड़े तैयार होने। दुर्गेश ने सब पूछ परख पर एक तरह से बैन ही लगा दिया तो कोई क्या करे।

* * *

रेवांक उस भूखंड का हिस्सा रहा है जहाँ किसी समय विशालकाय डायना-सोर तक हुए हैं! ये बात तो अमित और उसकी टोली में से किसी को भी पता न थी। रेवांक की भूमि पर पुराने जीवाश्मों का पूरा जत्था पाया गया है, और इनमें कम से कम २५ डायनासोर अंडे भी जीवाश्म की स्थिति में मिले हैं आज तक। मज़े की बात तो ये भी, कि स्थानीय परिवारों में जिन पत्थरों को कुल देवता मान पीढ़ियों पूजा जाता रहा, वो असल में फॉसिल बन चुके डायनासोर के अंडे थे!

६५० लाख साल ... इतना इतिहास है डायनासोर का इस रेवा घाटी में ... और उस से भी बीसियों लाख साल पहले से रेवा बह रही हैं और जीवन को जैसे पालने में झुला रही हैं!

एना अपनी किताब में मग्न थी, होटल की लॉबी में ही बैठी थी। दुर्गेश से मिलने के लिए होटल की लॉबी ही उचित स्थान मालूम होता था उसे। किताब तो क्या थी, उसकी दिवंगत दादी की पुरानी डायरी थी, जिसमें रेवांक के कई सारे पुराने नक़्शे, रास्ते, महलों के ब्यौरे और भी न जाने क्या क्या लिखा हुआ था। कुछ तो उसकी दादी ने इतनी जल्दबाज़ी में लिखा था कि लिखावट ही समझ नहीं आती थी। बहुत विस्तृत नोट्स थे और आधी बातें एना की समझ से बाहर थीं!

"भैया, सुनिए ..." एना ने बैरे को पुकारा तो उसकी हिंदी सुनकर वो हैरान रह गया!

"हाँ जी मैम ..."

"मुझे ज़रा एक कड़क चाय पिलायेंगे?" एना ने मुस्कुरा के कहा।

"मैम इंग्लिश टी लाऊँ ?"

"हिंदुस्तानी चाय लाओ भाई, ज़्यादा होशियारी न करो ! और सुनो दो लाना ... चलो जाओ जल्दी अब !" एना बोल पाती उस से पहले ही दुर्गेश वहां आ चुका था और उसने आते ही बैरे को काम पे लगाया।

"क्या ? बहुत मसखरी कर रहा था पाजी !" एना को अपनी तरफ घूरते हुए देख दुर्गेश बोला।

"शक्ति वहां लगनी चाहिए जहाँ से फायदा मिल सके, न कि शक्ति का प्रदर्शन करना चाहिए। फायदा देखो दुर्गेश, फायदे पर दुनिया चल रही है, ईगो अपनी जगह है लेकिन फायदा सबसे ऊपर होना चाहिए।"

* * *

अमित और बाकी सब घूम फिर के वापस गेस्ट हाउस पहुंचे तो दुर्गेश तुरंत उन्हें छोड़ आगे निकल गया था। लड़कों ने बहुत कहा, कि भाई आप खाना खाकर जाएं, लेकिन दुर्गेश को अलग ही उतावलापन था।

"ऐसा भी कहाँ जाना है इतनी जल्दबाज़ी में इन्हें ?" पीठ पीछे खुसर पुसर तो होनी ही थी ...

"हाँ, ज़रा रुके नहीं, काम तो सब लड़के ही देख रहे हैं।"

"काम कहाँ रुका हुआ है यार, लड़की का चक्कर है बाबू भैया लड़की का चक्कर !"

अमित का माथा ठनका, तो ये एना के पास जाने के लिए इतने उतावले हैं !

"यार तेरे भाई का बढ़िया है, लाइन क्लियर लगती है !" खुद मज़ाक उड़ाओ किसी का तो मज़ा आता है, लेकिन दोस्त उड़ाएं तो गुस्सा आने लगता है। ये मानव स्वभाव कि विडम्बना है। अमित चिढ गया।

"यार तुम लोग क्यों पीछे पड़े हो, जाने दो न ! उनकी ज़िन्दगी है !"

कह तो दिया उसने, लेकिन मन ही मन तो दोनों कि नज़दीकियां अमित को भी अखर ही रही थीं न ! एक होता है भाईचारा, जो ये लड़की वड़की के चक्करों से थोड़ा ऊपर रहता है। इसमें मान लिया जाता है कि भाई पहले, दोस्त पहले, बाद में लड़की। हालांकि दुर्गेश अमित और उनकी टोली को यहाँ वहां ले जा रहा था,

लेकिन फिर भी, मन एना में अटका देख के और दुर्गेश को खुद में मगन पा के अमित के अंदर का खोजी पत्रकार जागृत हो रहा था।

ये भी बात थी, कि दुर्गेश खुले आम कुछ कबूल नहीं कर रहा था। बस विदेशी पर्यटक और स्पेशल सिक्योरिटी ज़रूरतों की बात कह कर बच रहा था। या तो मान लेता कि हाँ, कोई चक्कर है दोनों में...

खैर, टोली आराम करके शाम के कार्यक्रम के लिए तैयार हुई। आज फिल्म फेस्टिवल था, तो वो कुछ चुनिंदा फिल्में जो इस अंचल में शूट की गयी हैं, और इलाके की डाक्यूमेंट्री फिल्में दिखाई जाने वाली थीं। बाकायदा थिएटर बनाये गए थे और स्क्रीनें लगायी गयीं थीं। काफी अच्छा माहौल बना था! आज का कार्यक्रम संस्कृति मंत्री करने वाले थे, तो सिक्योरिटी तो थी ही, लेकिन पिछली शाम से कुछ कम। दुर्गेश भाई आज लेने नहीं आने वाले थे, इसलिए शाम को सभी दोस्त फिल्में देखने अपने आप से पहुंचे।

"यार कुछ वीडियो बना लेते हैं न आज की!" रोशन अमित से कहने लगा, तो आयुष ने वहीं टोक दिया उसको।

"खुद तो एक फूटी कौड़ी की एक्टिंग होती नहीं है तेरे से बड़ा रील्स का शौक चढ़ा है भाई को!"

"अरे तो अपन शूट करने में मदद करेंगे न .. ये अमित को वायरल होना है, मुझे क्यों बोल रहा है, मैं तो इसके लिए बता रहा था..."

"कुछ नहीं भाई ने नयी टीशर्ट पहनी है आज, तो अपन हेपल रहे हैं ..." प्रिंस ने चुटकी ली।

"देखो यारों ऐसा कुछ बहुत ठोस मुझे मिला नहीं है पॉडकास्ट लायक.. हाँ, वो कल के रहस्यमय साये के बारे में कुछ खोजबीन की जाए तो कुछ माल मिले। यार आयुष, अपन दोनों आज ही चलते हैं, जाके कोशिश तो करें, हो सकता है कोई चोर दरवाज़ा हो वहां तक पहुँचने के लिए, वरना किसी बूढ़े सिक्योरिटी वाले को हरी पत्ती पकड़ा के कुछ हो पाए तो वैसा भी देख सकते हैं.."

हंसी ठट्टे में आगे बढ़ते बढ़ते सबने पाया की दुर्गेश भाई वहीं हैं, एंट्रेंस पर। अमित कुछ देर ठिठका, और फिर जब दुर्गेश की नज़र उन लोगों पर पड़ी और

उसने हाथ हिलाया तो मुस्कुरा कर सभी दोस्त अंदर हो लिए। शायद आयुष ने भी वही देखा जो अमित ने देखा - और जिसको देख के उनकी आंखें फटी रह गयीं: दुर्गेश के गले में वही महेश्वरी का स्कार्फ़ था, जो उस दिन एना के गले में देखा था उन्होंने!

* * *

एना का मन उन फिल्मों में लग ही नहीं रहा था। बार बार वही नक्शे उसकी आँखों में घूम रहे थे जो उसने दादी की डायरी में देखे थे। एक स्क्रीन से उठ कर वो डाक्यूमेंट्री वाली स्क्रीन के कमरे में आकर बैठ गयी, और जो सत्य उसकी दादी पन्नों में लिख गयी, उस सत्य को स्क्रीन पर ढूंढने लगी।

पर्दे पर पुराने कुछ फुटेज दिखाए जाने लगे तो एना एकदम बंध सी गयी। सभी वीडियो हिन्दुस्तान की आज़ादी के आस पास के थे, और रेवांक से मिला सभी पुराना सामान, इमारतें और इलाके के काफ़ी घिसे हुए से वीडियोस थे, शायद अभिलेखागार से निकलवाए गए हों। आज का रिस्टोर किया हुआ रेवांक कहाँ और उस समय का, अनभिज्ञ और दबा छुपा रेवांक कहाँ! एना को रानी त्रिकूटा के इतिहास में भी रूचि जाग उठी थी। जितना उसने दादी की डायरी से अंदाज़ा लगाया, और फिर अहमद उल उमरी की किताब का शोध करके समझ विकसित की थी, उसका चित्रण लोक मानस पटल पर कैसा है, उसमें उसका बहुत मन लग गया था। और कुछ और भी तो था, जो उसे यहां रेवांक खींच लाया था!

* * *

दुर्गेश फिल्म शो की एंट्रेंस पर खड़ा फ़ोन पर बात कर रहा था। ये शाम भी अच्छी तरह बीत जाए, जैसे पिछले दिन सब ठीक से हुआ! इतने सालों की मेहनत का प्रतिफल था ये इवेंट उसके लिए! अब उसे लगने लगा था की हाँ, इतनी पैठ तो बन चुकी है कि बड़े बड़े सरकारी कार्यक्रमों के कॉन्ट्रैक्ट उसे मिल रहे थे। रेवांक उत्सव उसकी ज़िन्दगी की एक बहुत बड़ी उपलब्धि थी, सिर्फ काम के ही मायनों में नहीं, और भी कुछ बातें थीं ... एना का मिलना रेवांक उत्सव के कुछ समय पहले ही मुमकिन हुआ था। बातें कुछ वक़्त पहले से ही ऑनलाइन

चल रहीं थीं, और दुर्गेश ने ही एना को रेवांक उत्सव के बारे में बताया था और फिर वो यहां आ भी गयी! और अब, उसकी और एना की, दोनों कि ज़िंदगियाँ बदलने वाली थीं।

"भाई! भाई!? दुर्गेश भाई?" ये ज़रूर उस अमित के खिलंदड़ दोस्त होंगे ... दुर्गेश थोड़ा सा खीज गया। रिश्तों के हिसाब से उसने अमित और उसके दोस्तों को रेवांक उत्सव में बुला तो लिया था, लेकिन अब उसे वो गैंग थोड़ा भारी पड़ने लगा था। इस इंस्टाग्राम जनरेशन को एक पल चैन नहीं है। सवाल जवाब बहुत करते हैं, डेढ़ होशियार।

"हम्म, बताओ भाई कौनसी फिल्म अच्छी लगी तुम लोगों को? अरे, तुम दोनों ही? बाकी कहाँ हैं?" दुर्गेश ने देखा तो बस अमित और आयुष ही हैं वहां ...

"फिल्म में मन नहीं लग रहा भाई, तो बाहर चले आये। आप किसी का इंतज़ार कर रहे हो क्या?" आयुष ने पूछा तो दुर्गेश समझ तो गया कि क्या पूछ रहा है वो, लेकिन बात टालते हुए बोला, "हाँ भई, ये कार्यक्रम वगैरह आप सैलानी लोग ही एन्जॉय कर सकते हो, हम थोड़ी न! हम लोगों को वी आयी पी हाई प्रोफ़ाइल गेस्ट देखने पड़ते हैं, जब तक वो कार्यक्रम से निकल न जाएं सही सलामत, हमारा इंतज़ार और हमारा काम जारी रहता है... संस्कृति मंत्री जी आये हुए हैं न, उन्ही को मंत्री निवास तक पहुँचाना होगा इसलिए रुका हुआ हूँ।"

"सही बात है ... आपका काम बड़ा ही रिस्की है। भाई, एक बात करनी थी, वो मुझे न मेरे पॉडकास्ट के लिए कुछ खोजी वीडियो बनानी हैं। तो आपके पास कोई केसेस हैं क्या, जो यहाँ स्थानीय घटे हों? हम थोड़ा इंटरव्यू वगैरह करके डाल देंगे, शायद किसी का भला भी हो जाये इसमें?" अमित ने अपनी बात रखी। वैसे तो उसकी नज़र बार बार दुर्गेश के गले में डले एना के स्कार्फ़ पर जा रही थी, लेकिन अपने आप को जब्त करे रहा वो। दुर्गेश का तो काम ही लोगों को परखना था, तुरंत अमित की सरकती नज़रों को ताड़ गया। बोला कुछ नहीं। सतर स्वर में पूछे हुए प्रश्न का उत्तर देने में भलाई समझी।

"वो क्या है न... ये छोटा शहर है। क़स्बा भी कह सकते हो। तो यहाँ कुछ बहुत अशांत कर देने वाला घटनाक्रम होता नहीं है, लेकिन मैं बताऊंगा कुछ रहा तो ... अच्छा चलो, अब मुझे ज़रा काम देखने दो, मैं तुम्हें बाद में मिलूंगा।"

दुर्गेश ने लगभग जान छुड़ाते हुए ही कहा ... असल में तो उसने कनखियों से एना को दूसरे गेट से बाहर निकलते हुए देख लिया था। "चलो अंदर जाओ, नयी फिल्म शुरू हो गयी है, तुम्हारे बाकी दोस्त इंतज़ार कर रहे होंगे ... अच्छा बाय!" आयुष और अमित चुपचाप भीतर जाने लगे, लेकिन गए नहीं पूरी तरह से। दुर्गेश ने तसल्ली की, देखा कि वो लोग अंदर जा रहे हैं, और फिर लम्बे डग भरता हुआ एना की तरफ चल पड़ा। अमित और आयुष देखते रहे, कैसे उसने फर्राटे से जीप निकाली, एना को बिठाया और एक्सेलरेटर दबा दिया।

दोनों ने एक दूसरे को देखा। ये रात बहुत मज़ेदार होने वाली थी!

* * *

एना और दुर्गेश कहाँ चले गए, ये तो अमित और आयुष को नहीं पता चला, लेकिन सभी दोस्त ये प्लान ज़रूर बनाये बैठे थे कि जैसे ही एंट्रेंस से मंत्री जी बाहर निकलेंगे, वो चारों भी महल की उस मीनार की तरफ जाने की कोशिश करेंगे जहाँ साया देखा था उस दिन।

मौका भी मिल गया, और भीड़ भाड़ में किसी का ध्यान भी नहीं गया, कि चार नौजवान भीड़ से अलग कट के महल की पिछली बाजू चले गए हैं। घुप्प अँधेरे में सिर्फ अमित ने फ़्लैश जलाया हुआ था, ताकि किसी का ध्यान न जाए।

रोशन ने कैमरा चालू कर लिया था, और अमित के व्लॉग का पहला वीडियो बनने को तैयार था। अमित ने बोलना शुरू किया : "हेलो दोस्तों, रेवांक से मैं अमित! हम लोग रेवांक उत्सव में आये हुए हैं और बाय गॉड, क्या भव्य आयोजन किया गया है ... मज़ा ही आ गया कल मालिनी अवस्थी जी के गायन कार्यक्रम में! लेकिन दोस्तों, ये सुनके आपके होश उड़ जायेंगे कि जब वहां कार्यक्रम चल रहा था, तो यहाँ, इसी महल की सबसे ऊँची मीनार पर एक साया दिखा, मेरे दोस्त आयुष को..." आगे अमित महल के इतिहास के बारे में कुछ कहने लगा और सभी दोस्त ज़ंजीरों से बंद कर दी गयी मीनार के तरफ वाली महल की एंट्री को पार करने लगे। बाकायदा सभी चीज़ों का वीडियो बनाया जा रहा था। अँधेरे में जंगली सूखी झाड़ियों पर उनके कदम चरमरा रहे थे। शोर न हो इसलिए रिकॉर्डिंग भी अमित धीमी आवाज़ में कर रहा था।

चलते हुए सभी मीनार के मुहाने पर पहुँच गए। सितारों की रौशनी में मद्धम

सी पवन... मीनार के पार बस तारों से भरा आकाश... कार्यक्रम का कोलाहल कहीं दूर से अत हुआ प्रतीत हो रहा था। ये थी त्रिकूटा की मीनार, जहाँ से माँ रेवा के दर्शन कर रानी अपना दिन शुरू करती थीं, अन्न का दाना नहीं डालती थीं बिना दर्शन के।

और आज यहाँ जो एक चुप्पी सी थी, उसने अमित को भी वीडियो में बोलने से मन कर दिया था। रोशन बस वीडियो ले रहा था, और बायीं से दाहिनी तरफ कैमरा पैन कर रहा था। दोस्त सभी दम साधे हुए थे ... एकदम वीरान शांति में कहीं से एक नन्ही सी घंटी की आवाज़ ने सभी का ध्यान उसी तरफ लगा दिया!

--- "अंकल! हमें जाने दो प्लीज़! हमें जाने दो!" वो रो रहे थे, छोटे बालक ही तो थे!

बेचारे भयभीत थे, और इस खंडहर नुमा सीलन भरे कमरे में एकदम डरे हुए ...

"चुप! ज़्यादा परेशान करोगे तो पूरा सुला दूंगा, समझे?" पंडित का बच्चों के साथ कभी पला पड़ा नहीं था, ज़ाहिर था। लेकिन था भी वो मरघट वासी, अघोरी सा ... नरमी और मिठास तो कब की भुला बैठा था!

इस से तो बालक और भी घबरा गए और ज़ोर ज़ोर से चीखने लगे ... भूखे और प्यासे दोनों। याद भी नहीं कब से उन्होंने अपनी माँ को नहीं देखा था, खाना नहीं खाया था।

"अंकल, हमारे पापा के पास बहुत बड़ा खेत है, आपको चाहिए तो वो आपको दे देंगे, लेकिन प्लीज़ अंकल हमको हमारे मम्मी पापा के पास जाने दो!" लड़की दोनों में बड़ी थी, उसने पंडित के साथ मोलभाव कर कोई रास्ता निकालना चाहा तो पंडित बहुत चिढ गया।

"कम्बख्त ज़बान चलाती है!" तड़ाक तड़ाक .. पंडित उस बच्ची पर पिल पड़ा था, तमाचे मार रहा था, और छोटा बच्चा बुरी तरह से रो रहा था। भरपूर पीट लेने के बाद बच्चों को कोने में पटक पंडित ने जेब से भभूत निकाली और ज़बरदस्ती बच्चों को चटा दी।

मरघटी माता विधि के पहले बलि स्वीकार नहीं करतीं, वरना पंडित अभी

ही दोनों के सर काट माता के चरणों में चढ़ा देता... इनके रिरियाने से तो मुक्ति मिलती !

* * *

दुर्गेश ने एना को महल के पीछे छोड़ दिया था। स्कार्फ़ से अपना चेहरा ढँक के वो चुपचाप महल के अंदर चली गयी। रात बहुत नहीं हुई थी, लेकिन अँधेरा काफ़ी था। दुर्गेश एक पल को ठिठक गया, लेकिन अगले ही पल प्रकृति-स्थ हो कर अपने रास्ते हो लिया, ये एना थी: दिमाग से तेज़, व्यव्हार में होशियार और ध्येय के लिए एकदम प्रतिबंधित। हमेशा उसकी डायरी हाथ में लिए, बस एक ही लक्ष्य मन में। दुर्गेश तुरंत पलट के निकल गया, तम्हाणे साहब को भी तो संभालना है जाके ... स्थानीय थाने वाले साहब एना को थोड़ा परेशान करने लगे हैं। बिना किसी बात कई बार थाने के चक्कर लगवा रहे हैं, कभी कागज़ दिखाने को कह रहे हैं। शक भी है उन्हें, की एना असल में कर क्या रही है यहाँ ...

परेशान तो होंगे भी, अभी अभी दो बच्चों का अपहरण हो गया है महल के आसपास से ही। प्रेशर है ऊपर से, रेवांक उत्सव के दौरान सरकार को कोई अप्रिय घटना नहीं चाहिए। पेपरबाज़ी हुई अभी उत्सव शुरू होने के पहले ही, लेकिन दुर्गेश ने थोड़ा संभाल लिया तो बात दब गयी। अभी अभी ही तो अमित भी पूछ रहा था, व्लॉग बन गया तो बात और भी ज़्यादा फ़ैल जाएगी। आज नहीं तो कल अमित के कान में भी बात पड़ेगी ही, फिर उसे रोकना मुश्किल हो जायेगा। ये भी अच्छा जी का जंजाल बन गया है। अमित के आने से पहले सब ठीक चल रहा था, प्लान के मुताबिक...

* * *

अमित ने एकदम से पीछे मुड़ के देखा, तो लगा एक तलवार से चमक उठी उसके बायीं ओर को। धातु से धातु के हलके से टकराव से भी एक अलग ही ध्वनि निकलती है, जो आभूषणों या घंटियों की आवाज़ से थोड़ी सी भिन्न होती है, कुछ गहरी सी। रिकॉर्डिंग बंद करनी पड़ी, क्योंकि आश्चर्यजनक तरीके से रोशन के फ़ोन की फुल बैटरी अब एक प्रतिशत रह गयी थी, और यही हाल फ़्लैश चलने से आयुष के फ़ोन का हुआ था। टोली दम साधे वहां से आवाज़ के स्रोत

की तरफ आगे बढ़ी। पतंगे और लौ का रिश्ता मैंने पहले भी बताया, मालूम है जल जायेगा, लेकिन पतंगा रह नहीं पता बिना लौ की तरफ जूनून से बढ़ते हुए...

बीसियों बार फिल्मों में भी बताया गया है न, कहीं से आवाज़ हुई तो उस तरफ नहीं जाना चाहिए ... लेकिन सोचिये, जो न जाये उस तरफ तो न कहानी आगे बढ़ेगी और न पाप की कहानी कभी खत्म हो पायेगी !

अमित सबसे आगे, पीछे आयुष और रोशन और आखिर में प्रिंस, इस तरह से मीनार वाले दालान को पार कर सभी गलियारे में पहुंचे, जो कम से कम सौ खम्भ इस तरफ और सौ उस तरफ होगा। पास में रौशनी नहीं, आवाज़ कर नहीं सकते, और भुतहा, वीरान महल जिसे दुरुस्त कर अर्कोलॉजिकल सर्वे बंद कर चुका था - स्थिति डर लगने वाली थी, लेकिन अमित की जिज्ञासा और जूनून किसी डर के आगे बहुत बड़े रहे हैं हमेशा और ये बात सभी जानते थे, इसीलिए कदम से कदम मिला के उसके साथ चल रहे थे।

अमित ने इशारे से दाहिनी ओर चलने का संकेत किया और सभी साथ हो लिए। धीरे धीरे हलके क़दमों से बढ़ते हुए सभी गलियारे के अंत तक पहुँच गए लेकिन न कोई साया मिला न ही कोई चोर दरवाज़ा। हौसले हिम्मत छोड़ने लगे और आँखों ही आँखों में सभी ने वापस हो लेने का निर्णय लिया। रात बिना किसी ठोस खोज के निकल गयी ...

और तभी...

एक रूह को कंपा देने वाली चीख !

* * *

कमरा गुफा नुमा था, और एक गोलाई लिए हुए था। बड़े बड़े पुराने संदूक, धूल भरी चीज़ें, और रौशनी का स्रोत केवल जो बीच में हवन का कुंड प्रज्ज्वलित था, बस वही।

कमरा तो क्या था, तहखाना या तलघर कहा जा सकता था उसे, और वो भी ऐसा तलघर, जो सालों से बंद पड़ा था, और किसी को याद भी नहीं की वो है वहाँ ...

चूहे और छिपकलियां यहाँ वहां घूम रही थीं, और उनकी गन्दगी से तहखाने

रेवांक

में बदबू भरी हुई थी। शायद पुराने समय में इसे गोदाम की तरह वापरा जाता हो। पंडित के हिसाब से यही सही जगह थी, विधि के लिए, क्योंकि उद्देश्य की प्राप्ति यहीं, इसी जगह से होने को थी! बंद होने की वजह से न धूप का कोई आना जाना था, न हवा का।

पंडित अग्नि के पास बैठ के विचित्र चीज़ों को जमा रहा था। फूटी कौड़ियां, लम्बी लम्बी सी हड्डियां, अजीब गंध वाले रसायन ... खून भी था! नीम्बुओं की माला बना कर उसने गोबर से बनी प्रतीकात्मक मरघटी माता पर चढ़ा रखी थी, भस्म से एक बड़ा सा गोला बना कर उसमें टूटा कांच, ताम्बे के सिक्के और अनजान से दिखाई पड़ने वाले पत्ते, जड़ें और धतूरा ... कर्कश से कुछ मंत्र बोलते हुए उसने शराब की बूंदों को हवा में एक गोलाई में उड़ा दिया। फिर ज़ोर से चीख उठा।

एक गहरी, पेट से निकलती हुई चीख।

बच्चे उसके पास ही लेटे हुए थे। हिले तक नहीं। पता नहीं कौनसे नशे में थे दोनों...

कहीं दूर जैसे एक बिजली कड़की। और दो चार लोगों के धम धम कर भागने की आवाज़।

"पंडित ... आज पहला दिन है न? और कितने दिन लगेंगे?" उसकी आवाज़ में ज़रा चिंता का पुट था जिसे सुनकर पंडित चौंक गया। इतना कुछ खेला रच दिया, अब डर रही है क्या?

"क्यों? क्या हुआ? दो दिन और लगेंगे। डर तो नहीं रहीं? या भरोसा नहीं है?"

"भरोसा तो करना पड़ता है पंडित। फायदा चाहिए तो विश्वास भी करना पड़ता है और फायदे का अंशभाग देना भी पड़ता है। लेकिन यहाँ बहुत से कुत्ते आ गए हैं, सूंघते सूंघते। कहीं हमारी जड़ें न खोद दें।"

"अरे हमारे मंत्र पक्के हैं। तुम परेशान मत हो ... जाओ अब.. मुझे कुछ और सिद्धियां करनी हैं। एकांत में।"

"जो ठीक रहे करो पंडित। बस काम हो जाये। चलती हूँ।"

आधी रात को जब वो उस गंधाते कक्ष से निकली, उसने देखा चिरपरिचित जीप उसका इंतज़ार कर रही है।

* * *

एकदम निर्जन सी रात में अगर कोई ज़ोरदार आवाज़ आ जाये तो वैसे ही कोई भी डर जाए, और ये तो गहरी और दर्दभरी चीख थी, पुरज़ोर, एकदम पेट से निकलती हुई सी। पहले अमित भागा, फिर आयुष और पीछे पीछे प्रिंस और रोशन... लम्बे लम्बे डग भरते हुए, चीख की उलटी दिशा में!! यहाँ से फ़ौरन निकल जाना ही ठीक था!

गिरते पड़ते, दौड़ते भागते हाँफते हुए से ये सब गेस्ट हाउस पहुंचे। चुपचाप सब अपने अपने कमरों में घुस गए, न कोई बात न कोई डिस्कशन... ये काफ़ी अजीब हो चुका था न, आज की रात के लिए...

* * *

अगली सुबह एक नए से दिशा निर्देश के साथ आयी थी शायद।

अमित रात भर सो नहीं सका था, उस चीख की गूँज उसके दिमाग में घूम सी रही थी। दुर्गेश भाई से बात करनी होगी... बस मन ही मन उसे लग रहा था की हो न हो एना का इस सब से कोई न कोई सम्बन्ध है।

घंटी जाती रही, दुर्गेश ने फ़ोन नहीं उठाया।

"मैंने उसी दिन दुर्गेश भाई से कह दिया था, कि हमें टेकरी पर जाना है परसों, तो उन्होंने कहा था आ जाऊंगा, जीप में ले जाऊंगा, और अब फ़ोन नहीं उठा रहे हैं।" अमित ने सभी को नाश्ते की टेबुल पर बताया।

आज सभी लोग कैंपिंग पर जा रहे थे। पर्यटन विभाग ने एक छोटा सा ट्रेक और कैंप का आयोजन किया था जिसके लिए मंडली उत्साहित थी। नाश्ते के नाम पर चाय पीकर निकलना था, क्योंकि ट्रेक शुरू होने से पहले और अंत में टेकरी चढ़ के गरम नाश्ता मिलने वाला था और साथ में दिन भर कोई न कोई एक्टिविटी के साथ रात कैंप में ही रुकने का प्लान था। लेकिन दुर्गेश का कहीं अता पता न था।

"यार अमित, कल वाली बात भी दुर्गेश भाई को बता..." आयुष ने बोलना

रेवांक

चालू ही किया था कि अमित ने बात काट दी। "पागल है क्या तू भाई? पहले ही उन्होंने यहाँ वहां व्लॉग बनाने वाली बात को तूल नहीं दिया था, अब मैं उनसे ये बता दूंगा कि हम रात पड़े साये की खोजबीन करने चले गए थे और वहां क्या क्या हुआ, तो मुझे घर ही भेज देंगे।"

"तो क्या करेंगे अब?" प्रिंस का प्रश्न था।

"मुझे लग रहा है अभी हमें खुद ही छानबीन करनी चाहिए, कुछ न कुछ ज़रूर मिलेगा।" अमित बोला।

तय हुआ कि दो जन थाने के पास जायेंगे, टोह लेने। और बाकी दो गाँव में जाकर चाय की टपरी पर बातचीत करेंगे, कुछ सुराग ढूंढेंगे। लेकिन आज नहीं। आज कैंप किया जायेगा और छुट्टी का पूरा पूरा मज़ा लिया जायेगा!

सभी दोस्त दुर्गेश का इंतज़ार न करते हुए स्टार्टिंग पॉइंट के पास चले गए।

दिन बहुत ही शानदार बीता। आशा के अनुरूप ही बढ़िया आयोजन था। उनके गाइड का नाम हर्ष था और उम्र में कम लेकिन रेवांक के इतिहास का अच्छा जानकार था और साथ ही एडवेंचर में भी उसकी पकड़ बहुत अच्छी थी। लड़के उस से एकदम घुलमिल गए।

बहुत लोग नहीं थे तो तीन ग्रुप बन गए और वो लोग टेकरी पर अलग अलग ठिकाने कैंप लगाने लगे। संयोग से अमित के ग्रुप में बस वही चारों दोस्त और हर्ष ही थे।

"यार हर्ष तुमको तो यहाँ के इलाके सब पता है... ये सब कैसे सीखा?" अमित की जिज्ञासा उसे सभी का दोस्त बना देती है, लेकिन कभी कभी दुश्मन भी ..

"भैया मैं यहीं पला बढ़ा हूँ और मुझे बाहर नहीं जाना था। पर्यटन से बेहतर ऑप्शन था नहीं मेरे पास तो इसीलिए..." हर्ष ने बताया तो आयुष पूछ बैठा, "लेकिन तुम्हारे जैसे नॉलेजेबल लड़के के लिए तो ये ..."

"भैया मैं अपने रेवांक को छोड़ कुछ नहीं करना चाहता, आखिर जो आशीर्वाद रानी जी का यहाँ है और हम सब पर है वो कहाँ और मिलेगा!" हर्ष ने बीच में ही आयुष की बात काटते हुए कहा।

"रानी जी ? याने रानी त्रिकूटा ?" अमित को हैरानी सी हुई। रानी का अब तक प्रजा पर ऐसा प्रभाव है उसको उम्मीद नहीं थी ऐसी बात सुनने की।

"हाँ जी भैया !"

"तुमने देखा है उन्हें ?" रोशन ने क्यों पूछा, ये सभी को समझ में आ गया एक मिनट में।

"मैंने कहाँ देखा है भैया जी... इतने सालों पहले रानी जी मानव शरीर छोड़ चुकी हैं। मेरी दादी बताया करती थीं रानी जी बहुत दिव्य हैं, हमेशा से रेवांक के लिए बहुत समर्पित रही हैं। देखा तो दादी ने भी नहीं था उन्हें, लेकिन कहानियां उनकी दादी से सुनी थीं। अब पांच सौ साल की धरोहर है, असर तो रहेगा न।" हर्ष गर्व से बता रहा था।

"तो तुम्हें क्या लगता है ? क्या रानी त्रिकूटा अब भी रेवांक की रक्षा कर रही हैं ?" आयुष उत्सुक था, और इस प्रश्न पर बाकी भी सब चौकन्ने होकर हर्ष की तरफ देखने लगे ... क्या पता इसे कुछ पता हो साये के बारे में ?

"बिलकुल हैं... उनकी मौजूदगी हर रेवांक वासी महसूस करता है अब भी !"

टेंट लगाते लगाते, और भोजन की तैयारी करते करते शाम सी होने लगी थी। अमित कई बार दुर्गेश को फ़ोन ट्राय कर चुका था।

दुर्गेश ने फ़ोन नहीं उठाया तो नहीं उठाया।

"हर्ष क्या जीवन है तुम्हारा यहाँ रेवांक में ?" प्रिंस ने पूछा तो हर्ष हंस दिया।

"यहाँ बहुत शांति है भैया। और इंदौर और धार तो हैं ही पास में, इसलिए किसी चीज़ की चिंता नहीं रहती। आराम से रहते हैं यहाँ, आप जैसे टूरिस्टों की सेवा करते हैं और ज़्यादातर लोग खेती करते हैं, या फिर होटल लॉज चलाते हैं। वैसे यहाँ बस्ती ज़रा दूर ही है, रेवांक को अकसर घोस्ट टाउन भी कहा जाता है, क्योंकि यहाँ गाँव तो सारे महल और अन्य ऐतिहासिक इमारतों से दूर दूर ही हैं..." हर्ष ने बताया तो अचानक रोशन रोमांचित सा हो गया !

"घोस्ट टाउन ? !"

"हाँ भैया, क्यों क्या हुआ ?"

"कुछ नहीं, तुम आगे बताओ..." आयुष ने उसे उकसाया तो वो दोबारा

बोलने लगा।

"ये सब राजसी इमारतें हैं, जो कुछ सालों पहले ही विभाग ने ठीक करवाई हैं। ये आम जान का डेरा नहीं है। बस कुछ ही इमारतों के आस पास थोड़ी सी बस्ती है। हम जब छोटे थे, हमें तो अम्मा मना ही करती थीं, कहती थीं महल के पास नहीं जाना वरना गायब हो जाओगे..." हर्ष हंसने लगा तो बाकि भी सब मुस्कुरा दिए। लेकिन फिर अचानक ही हर्ष कुछ गंभीर हो गया।

"क्या हुआ बेटा अम्मा की याद आ गयी क्या?" अमित ने चुटकी ली तो गंभीर और उदास स्वर में ही हर्ष बोला, "भैया, वाकई दो बच्चे गायब हो गए हैं... महल के ही पास से।"

* * *

दुर्गेश की नींद खुली तब तक दोपहर का सूरज चढ़ आया था। तेज़ धूप के पट्टे उसके पलंग पर पड़ रहे थे और बहुत गर्मी हो रही थी। राजू चाय सिरहाने रख गया था। गधे ने ढंकी तक नहीं थी, सब ठंडी हो गयी ... एक दो गालियां निकालता हुआ दुर्गेश उठा और फ्रेश होकर फ़ोन लिए बैठक में आ गया। अकेला रहता था, तो दो कमरे का घर भी उसे बड़ा लगता था। अब नहीं, कुछ ही दिनों में वो इंदौर में घर ले लेगा और परिवार को भी इंदौर ही रखेगा। बस कुछ दिनों में ...

चाय की पहली चुस्की ही ली थी, कि अमित के और उसके दोस्तों के मिस्ड कॉल्स देख के कोफ़्त हो आयी उसे। व्हाट्सप्प खोला तो उसमें भी वौइस् नोट्स भेजे हुए थे। ऐसी भी क्या बात थी? एक तो देर तक सोने के कारण दुर्गेश वैसे ही आधा उनींदा था, उस पर ये इतना सारा डाटा ओवरलोड उसे ज़रा भी रास नहीं आ रहा था। वौइस् नोट्स में भी एक ही बात - भैया जल्दी से टेकरी पर आ जाओ, हमें बात करनी है।

दिन भर तो उसने लड़कों के मैसेज इग्नोर कर दिए, अब रात ढलने को थी, दुर्गेश को तैयार होकर निकलना ही पड़ा।

टेकरी पर पहुँचते ही, पहले दुर्गेश ने एक गहरी सांस ली। बाल ठीक किये, और धीरे से जीप से उतर कर पुराने शिव मंदिर की तरफ चलने लगा। अमूमन

उस तरफ लोग कम ही जाते हैं, यों भी रात ढलने लगी थी, तो सैलानी भी बस व्यू पॉइंट देख कर जा चुके होंगे, ऐसा अनुमान लगाया दुर्गेश ने। आज कैंप था शायद, उत्सव की रूपरेखा वाले ब्रोशर में दुर्गेश ने देखा था। आज तो वहां रोज़ के मुकाबले शांति ही होगी। बस दो तीन ग्रुप होंगे। धीरे धीरे दुर्गेश टेकरी चढ़ गया।

"भैया! इस तरफ..." व्यू पॉइंट से ही अमित हाथ हिला हिला के बुला रहा था तो दुर्गेश को मुस्कुरा के उसे इस तरफ बुलाना पड़ा। यहाँ कोई देख न ले, इस बात का ध्यान रखते हुए दुर्गेश ज़रा मंदिर की ओट में ही खड़ा था।

"भैया.. कितन फोन किये आपको..! आप से कितनी बातें करनी हैं!"

"हाँ भाई, अब काम ही ऐसा है मेरा, अक्सर देरी हो जाती है सोने में। कल तो लगभग पूरी ही रात ... खैर बताओ, क्या बात है? मेरा यहाँ आना और पहले नहीं हो पाया, उसके लिए माफ़ी चाहिए भाई!"

अमित ने सब कुछ कह डाला दुर्गेश से... महल में क्या हुआ, रोशन के साथ क्या हुआ उस दिन, कैंप में हर्ष ने कैसे बताया कि दो बच्चे पिछले कुछ दिन से लापता हैं... सब कुछ... दुर्गेश सब सुनता रहा, सही जगहों पर हाँ हूँ अच्छा भी करता रहा। उसके चेहरे पर तरह तरह के भाव आते जाते रहे, अमित ने नोट किया।

"भैया, मुझे तो लगता है हमें पॉडकास्ट में ज़रूर ये सब कवर करना चाहिए। इस से केस सोल्व होंगे, प्रशासन पर थोड़ा प्रेशर पड़ेगा।" अमित ने कहा तो दुर्गेश थोड़ा चौंक गया।

"अरे बस उत्सव ठीक से निपट जाने दो, बस फिर उसके बाद सब करना तुम लोग।" दुर्गेश ने कहा तो अमित को अच्छा नहीं लगा।

"पर भैया... सच तो कहा जाना ही चाहिए न! क्या बीत रही होगी उन बच्चों के माता पिता पर..."

"मैंने मना थोड़ी न किया है, लेकिन बस ये कुछ दिन बीत जाएं!"

"भैया, क्या आपको पहले से इन बच्चों के बारे में पता था?" अमित ने पूछा तो दुर्गेश थोड़ा सकपका गया। कुछ देर बाद संयत होकर बोला, "हाँ अमित मुझे पता था। लेकिन मैं तुम्हें जानता हूँ, तुम्हें अगर एक सूत्र मिल जाए, तो तुम

शांत नहीं बैठोगे, इसलिए मैंने बात नहीं उठायी। बुरा मत मानना अमित, मैं बस उत्सव के दौरान कोई हंगामा नहीं चाहता हूँ।"

अमित दुर्गेश की बात सुनकर चुप हो गया। कैंप में हर्ष ने बोनफायर जला दी थी, सभी को बुला रहा था। सूप भी बन गया था शायद।

"ठीक है भैया, कोई बात नहीं। लेकिन आप मुझ पर भरोसा रखिये। ऐसा कुछ नहीं करूँगा जिस से यहाँ अशांति फैल जाये।" अमित कहकर कैंप की तरफ बढ़ा। दुर्गेश भी जाने लगा। अमित मुदा और दुर्गेश को जाते हुए देखने लगा। पीछे की जेब से फिर वही स्कार्फ़ लटक रहा था ... एना का स्कार्फ़ ...

* * *

अगले दिन सुबह कैंप से लौटने की तैयारी थी। सभी ने सामान बाँधा और उतरने लगे। यों टेकरी कोई बहुत ऊँची नहीं थी। लेकिन नज़र वहां से दूर दूर तक पहुँच जाती थी। शायद इसीलिए यहाँ तक किले की दीवार खींची गयी होगी, की नज़रें इस दिशा में भी जाती रहें।

टेकरी से उतारते हुए अमित सोच रहा था, आज रोशन के साथ थाने के पास चक्कर लगा आएगा, और प्रिंस के साथ आयुष को गांव में भेज देगा, केस समझने।

"लेकिन तुझे तो दुर्गेश भाई ने साफ साफ मना किया है न? क्यों कर रहा है यार फिर ये सब? अपन तो यहाँ दो दिन के मेहमान हैं। ये सब करके क्या मिलेगा? जाने दे यार, बाद में देखेंगे।" प्रिंस कह उठा। सोच तो शायद सभी रहे थे, लेकिन प्रिंस कह गया।

"असल में जब से रेवांक आये हैं, कुछ न कुछ अजीब ही हो रहा है। ये छुट्टियां ज़रा अलग ही तरह की जा रही हैं..." रोशन ने भी सफाई दी।

"भाइयों, तुम्हारी आँखों के सामने कुछ गलत हो रहा हो तो क्या तुम चुपचाप बैठोगे? ये सिर्फ पॉडकास्ट का सवाल नहीं है, ये किसी के मासूम बच्चों का सवाल है। मुझे तो लगता है सच बात न कहने में कोई बुराई है, न ढूंढ निकालने में! अगर फिर भी तुम लोगों को साथ नहीं देना है तो..." अमित कहते कहते रुक गया।

दो पल कोई कुछ न बोला। फिर आयुष बोल पड़ा, "देंगे अमित! ज़रूर देंगे!"

* * *

एना अपने कमरे में बैठी अपनी दादी की डायरी उलट पलट कर रही थी। तरह तरह के नक़्शे और नोट्स को जोड़ कोई अनुमान निकलने की कोशिश कर रही थी। उसे यू के की भी याद आ रही थी, कुछ दिन हुए वह हिंदुस्तान में है, उसके पहले बाली में थी और उसके पहले अफ्रीका में सहारा मरुस्थल में थी। एना उस सभी देशों के भ्रमण पर निकली हुई थी जहाँ जहाँ उसकी दादी और दादाजी गए थे। अपने पूर्वजों के अनुभवों से सीखना चाहती थी। सभी जगह उसको हाथों हाथ लिया गया था और उसकी समाज सेवा का स्वागत किया गया था। लेकिन यहाँ रेवांक में थोड़ी सी परेशानी हो गयी थी।

इस परेशानी से निपटने में दुर्गेश मदद कर रहा था। वैसे दुर्गेश तो और भी चीज़ों में एना की मदद कर रहा था। बड़ा अच्छा था दुर्गेश...और काम का आदमी। जो भी स्थानीय पुलिस से परेशानी हो रही थी, दुर्गेश उसे बखूबी मैनेज कर लेगा, एना को विश्वास था।

* * *

थाने के बाहर अमित और रोशन खड़े खड़े चाय पी रहे थे। कुछ न कुछ तो मिलेगा ही यहाँ से, अमित श्योर था। दोनों ने सुबह से यहाँ अपना डेरा जमा रखा था।

"क्या हुआ भैया जी? किसी का इंतज़ार कर रहे हैं क्या?" चाय वाला अमित को तीसरी चाय पकड़ते हुए बोला।

"बस यूँ ही भैया, ठण्ड के दिन हैं न तो चाय ज़्यादा लगती है। वैसे आप रोज़ यहीं ठेला लगाते हो क्या?"

"हाँ भैया जी मैं तो यहीं पे मिलता हूँ। आपको पहले नहीं देखा..." चाय वाला बातें करने लगा तो अमित को लगा इस से कोई सुराग मिल सकता है।

"हाँ, हम तो बाहर गांव के हैं, हमें तो बस रेवांक उत्सव में मज़ा आ रहा है... आप बताओ, क्या नया पुराना?"

"अरे हमारा क्या है भैयाजी, सुबह शाम लोगों को अमृत पिलाते रहते हैं और क्या ! बाकि कान आंखें तो खुले रहने ही चाहिए ..."

"तो अपने ज़रूर कुछ सुना होगा, देखा होगा यहां, क्यों?" अमित ने कुरेदने की ठानी।

चाय वाले ने बताया कैसे बड़े साहब उन बच्चों के गायब हो जाने के कारण परेशान हैं और व्यस्त हैं, और आये दिन बहुत से बाहर गाँव के पुलिस अधिकारी थाने में आना जाना कर रहे हैं। वकीलों का भी आना जाना लगा रहता है। जल्दी ही जर्नलिस्ट भी आने लगेंगे, क्योंकि ये बड़ी खबर है न इस शांत सी जगह के लिए। चाय वाला बता रहा था और अमित और रोशन उसकी पूरी बातें सुन रहे थे।

अचम्भा तो उन्हें तब हुआ जब चाय वाले ने किसी गोरी मेम का ज़िक्र किया...

"वो भैया जी शायद सैलानियों से भी पूछताछ की जा रही है। एक गोरी मेम को बार बार बुलाते हैं बड़े साहब... बिठाल के रखते हैं। साथ में एक भैया और आते हैं उनके, शायद उनके बॉडीगार्ड हैं।"

चाय पीने की प्रथा शायद इसीलिए शुरू हुई कि चाय के चक्कर में बातें बहुत हो जातीं हैं। लोग कहते हैं शराब मुंह खुलवाती है, हिंदुस्तान में तो चाय का योगदान सूचना के अदन प्रदान के लिए शराब से कहीं अधिक है, ऐसा लगता है।

"क्या कह रहे हो भैया? कौन मेम? हुलिया तो बताओ ज़रा..." अमित सीधे पूछताछ पर ही उतर आया तो चाय वाले ने ज़रा आनाकानी शुरू कर दी।

"ऐसा है भैया जी, कि हमारा काम करने दो हमें, बातें करते रह जायेंगे तो चाय कब बना के पिलायेंगे? आपका कुल १३२/- रूपया हो गया।"

बिल चुका के दोनों गेस्टहाउस पर आ गए। प्रिंस और आयुष गांव में गए थे, और वो लोग भी वापस आ चुके थे।

जूते के फीते खोलते हुए आयुष बोला, "यार गांव में तो आक्रोश का माहौल है क्योंकि बच्चों के गुम हो जाने से परिवार भी दहशत में है और बस्ती वाले थाने

पर घेराबंदी की प्लानिंग में हैं। प्रशासन शायद रेवांक उत्सव के चलते कोई एक्शन नहीं ले रहा है।"

"लेकिन थानेदार तो अपना काम कर ही रहा है। पूछताछ चल रही है ज़ोरों शोरों से। एक बात बताऊँ, होश उड़ जायेंगे तुम दोनों के ..." फिर अमित ने बताया की कैसे किसी गोरी मेम से भी पूछताछ चल रही है। साथ में एक मुश्ट-एडा भी जाता है...

"इसका मतलब...? एना और दुर्गेश तो नहीं...?" प्रिंस और आयुष एक साथ बोले!

"मुझे भी इसी बात का शक है भाइयों... आज शाम रेवांक उत्सव में ऑर्के-स्ट्रा और डीजे है, शाम को वहां चलेंगे और भैया से बात करेंगे... की ये सब माजरा क्या है?" अमित ने कहा। शाम ढल रही थी और अपने साथ नए रहस्यों को खोल रही थी और नए नए मुकाम ढूंढ रही थी।

पार्टी में संगीत एकदम चटकदार था! रेवांक में शायद ऐसी डीजे पार्टी कभी नहीं हुई होगी। शरीर की एक एक शिरा में हर एक रोम में बिजली पैदा कर दे वैसा संगीत और लाइट शो के साथ साथ कमाल का खाना! चारों दोस्त मिलकर काफी पार्टियां करते थे, लेकिन यहाँ बिना नशे वाली पार्टी में मज़ा बहुत आ रहा था। ये यहाँ की आबोहवा का ही तो रंग था, कि हर कोई डीजे का मज़ा ले रहा था, बूढा हो या बच्चा, वरना क्लब की पार्टियों में तो युवाओं का ही बोलबाला रहता है।

डीजे चलता रहा, रात बहुत हो गयी। अमित और दोस्त एन्जॉय तो कर ही रहे थे, लेकिन अमित का ध्यान दुर्गेश वहां है या नहीं उसपे भी लगातार टिका हुआ था। शुरू में जब वो आये थे तो दुर्गेश वहीं एंट्रेंस के पास ही फ़ोन पर बात कर रहा था। डीजे के बीच कई बार अमित कि आंखें दुर्गेश को ढूंढने लगतीं, तो वो हमेशा ही परेशान मुखमुद्रा में फ़ोन पर बात करते हुआ ही दिखता, पता नहीं क्या चक्कर था...

फिर एक बार जब रोशन और आयुष नाचना छोड़ खाना खाने के लिए बाहर आये तो देखा, एना भी वहां है, और कोई अज़ूबा नहीं, की दुर्गेश भी वहीं है, उसके साथ ही खड़ा है।

अमित भी आयुष के पास आ खड़ा हुआ तो उसने देखा कि कैसे एना और दुर्गेश दीन दुनिया से बेखबर साथ साथ खाना खा रहे हैं और कोई निजी बात कर रहे हैं। अमित को ये ठीक नहीं लगा।जिस लड़की को बार बार पुलिस थाने बुलवाया जा रहा हो, वो भी बच्चों के अपहरण के सिलसिले में, उसका साथ तो देना ठीक नहीं ही है!

और रानी त्रिकूटा के उस पारलौकिक साये के साथ हुए पूरे वाकये के बाद से, अमित और उसकी टोली ज़रा ज़्यादा ही सतर्क रहने लगे थे। रह रह कर उन्हें उसी मीनार की तरफ देखने की आदत हो गयी थी, जहाँ रानी का साया पहली बार दिखा था। हर्ष ने ये भी बताया था न, की रानी जी अभी भी प्रजा की रक्षा कर रही हैं... क्या रानी भी उसी पापी को ढूंढ रही हैं, जिन्होंने बच्चों को अगुवा किया?

--- "दुर्गेश भाई!" डीजे ख़तम हो चुका था, खाना भी निपट गया था, और अब बस ऑर्केस्ट्रा की धीमी धीमी बैकग्राउंड आवाज़ों के साथ कुछेक लोग आखिरी राउंड का खाना ख़तम कर रहे थे और तभी अमित ने दुर्गेश को देखा था, काफी देर बाद, डीजे वाले एरिया में अंदर आते हुए।

"अ, हाँ! अमित बोलो! कैसा रहा आज का कार्यक्रम?" दुर्गेश थका हुआ लग रहा था लेकिन अमित ने कुछ कहा नहीं।

"भाई मज़ा आ गया! आपको मिस किया... आप बिजी थे शायद..." अमित ने महसूस किया की पीछे रोशन , प्रिंस और आयुष भी आकर खड़े हो गए हैं।

"हम्म.. मैं थोड़ व्यस्त था... तुम लोग बताओ? तुम्हें ड्राप कर दूँ?" दुर्गेश ने थकी आँखों को रगड़ते हुए कहा।

"नहीं भाई, रहने दीजिये, हम लोग चले जायेंगे। वैसे आपको बताना था कुछ... मैं और रोशन थाने के आस पास गए थे छानबीन करने। और ये दोनों गए थे गांव में। भैया एना के बारे में हमने कुछ सुना है ..." और इसके बाद अमित ने दुर्गेश को सब बता दिया, जो भी उसके पास जानकारी आयी थी।

"क्यों? मैंने तुम्हें मना किया था न! क्यों गए?" दुर्गेश हैरान होते हुए बोला।

"भैया, मैंने भी तो कहा था, मैं ऐसा कुछ नहीं करूँगा जिस से अशांति हो,

परेशानी हो। हम बस तहकीकात करने गए थे।" अमित के कहा।

"वैसे भी भैया हमें ये भी पता चला की पुलिस इस बाबत में काफी मुस्तैदी से लगी हुई है..." आयुष बोलने लगा तो दुर्गेश ने बीच में ही उसे काट दिया। "नहीं नहीं, ऐसा कुछ नहीं है! ये पुलिस वाले तो बस किसी न किसी तरह से एक के पीछे पड़ जाते हैं, ताकि इन्हें ज़्यादा मेहनत न करनी पड़े, बाकी एना का इसमें कोई हाथ नहीं है!"

"भाई मैं देख रहा हूँ आप एना को लेकर कुछ ज़्यादा ही डिफेंसिव हैं। कौन है ये? इतनी भी क्या खासियत है इस एना में, कि दूसरी सभी बातों से ऊपर है? आपको भाई की नहीं पड़ी, कोई बात नहीं, लेकिन आप फैली हुई बातों को तो नहीं झुठला सकते न? ज़रूर इस लड़की का कोई न कोई गहरा भेद है... आप बेवजह सेंटी हो रहे हैं, मेरी मानिये हमारी मदद कीजिये इसका पर्दाफाश करने में!" अमित धाराप्रवाह बोल गया, और सभी दोस्त एकदम चुप खड़े रह गए।

दुर्गेश कि त्योरियां चढ़ती दिखीं तो अमित पहले तो थोड़ा सा घबराया लेकिन फिर दृढ़ता से खड़ा हो गया। दोस्त सभी उसके पीछे खड़े थे ... दोनों के बीच क्या होता है, ये दम साधे देख रहे थे।

"देखो अमित, तुम मेहमान हो, वही बनके रहो, कार्यक्रम देखो और लौट जाओ। मुझे मेरा काम सिखाने की ज़रुरत नहीं है। रही बात एना की तो वो रेवांक से जा चुकी है।" दुर्गेश ने एक सिगरेट जला ली. थी। एक गहरा काश लेकर दूसरी तरफ देखने लगा, कुछ देर सोचता रहा, फिर वापस दोस्तों की टोली की तरफ देखता हुआ बोला, "शाम को आओ रेवांक उत्सव में, हमारी खातिरदारी का आनंद उठाओ। चलता हूँ।"

अमित सन्न रह गया। ये बात हज़म नहीं हो रही थी।

और वहां दूर, रेवा चमक रही थी सर्दियों की धूप में ...

---"हेलो, दुर्गेश?"

"हाँ, बोलो?"

"आज रात को काम में कोई दखल नहीं होना चाहिए। पंडित ने मना किया है।"

"अच्छा..."

" पंडित ठिकाने पर पहुँच चुका है ... मुझे क्या करना चाहिए?"

"बस में बैठ के निकल जाना, थाने के सामने से जाना। फिर धार में उतर जाना, मैं लेने आऊंगा रात को।"

"ओके।"

* * *

सत्य और असत्य में बहुत झीना सा एक पर्दा होता है। कभी वो पर्दा हवा से एक तरफ सरक जाता है, तो कभी दूसरी ओर लहराने लगता है। सत्य का और असत्य का भी, दिखने वाली बात से कोई लेना देना होता नहीं है। जो दिख रहा है, वो कुछ भी हो सकता है, कुछ भी समझा जा सकता है। इसीलिए तो हम सब के सत्य और असत्य अलग अलग हैं और बदलते भी रहते हैं। कभी कभी तो उनके बीच पर्दा भी नहीं रह जाता! यही चीज़ लोगों के चेहरों पर भी लागू होती है। चेहरे बदलते रहते हैं, इंसान बदलते रहते हैं। कभी कभी तो इतने अलग हो जाते हैं, कि पहचाने भी नहीं जाते। अजीब संसार है न?

क्या सत्य है, और क्या असत्य ये समझना जितना आसान है उतना ही मुश्किल भी।

कौन सही है कौन गलत ये भी जान पाना असंभव है, लेकिन हाँ, विवेक से उस पल में कौन सही कौन गलत है, वो पता लगाया जा सकता है। विवेक हो तो!

अमित बुरी तरह कन्फ्यूज्ड है, दुर्गेश इतना अजीब सा व्यवहार क्यों कर रहा है? ये ऐसा तो नहीं था, कभी भी!

दुर्गेश परेशान है कि इस अमित को इतना दिमाग चलाने की क्या ज़रुरत है? जो चल रहा है उसे चलने क्यों नहीं देता?

दोस्त हैरान हैं कि दुर्गेश मदद क्यों नहीं कर रहा और अमित हार क्यों नहीं मान रहा?

ये सब उलझे हुए हैं उस एना की वजह से।

रानी त्रिकूटा होतीं तो क्या करतीं?

* * *

आज रात को महफ़िल सजी थी जनजातीय संगीत और लोककला की। तरह तरह के भील नर्तक, गोंड और कोल जनजातियों के समूह और बैगा गाने वालों ने मंडपों को घेर रखा था। पूरा माहौल ही मांडना चित्रों और गोंड कलाकृतियों से सुसज्जित था, और प्रस्तुति वाला इलाका रंगबिरंगी चिन्दियों से सजाया गया था। एक कोने में जनजातीय व्यंजनों के स्टाल भी थे। आज कोई मंत्री जी नहीं आने वाले थे, इसलिए मामला थोड़ा अनौपचारिक था, कोई प्रोटोकॉल नहीं थे।

धीरे धीरे दर्शक दीर्घ भरने लगी। सभी दोस्त भी आ गए, और अमित आज के माहौल और कार्यक्रम का व्लॉग बनाने लगा। उसका मन तो सारे रहस्य को सुलझा, मुजरिमों का पर्दाफाश करने और उसकी वीडियो सीरीज बनाने का था, लेकिन न तो साये का रहस्य सुलझ पाया, न ही खोये हुए बच्चों का भेद। हाँ, एना वहां से जा चुकी थी, ये बात उसके लिए कुछ ख़ुशी कि थी। न जाने क्यों, उस लड़की के रूप पर मोहित होने की जगह अमित को उस से कुछ नकारात्मकता ही हुई थी...

कार्यक्रम शुरू हुआ और रंगारंग नाना प्रकार के नृत्य और संगीत ने सभी को झूमने पर मजबूर कर दिया!

अमित ने मन लगाया कार्यक्रम में, लेकिन उसे कुछ अधूरा सा ही लगता रहा। आख़िर उसने दुर्गेश को मैसेज कर ही दिया: "भाई, मुझे माफ़ कर देना, मैंने आपको गलत समझा। लेकिन कुछ बातें जो मैंने बतायीं, उनपर ध्यान देना चाहिए ..."

* * *

बस स्टैंड से फिर दुर्गेश कार्यक्रम में आ गया। अच्छा खासा समां बंधा हुआ था। सब झूम रहे थे मांदल और सारंगी की सुर लहरियों पर ... उसकी निगाहें अमित और बाकी दोस्तों से टकरायीं। न मुस्कुराया न नाराज़ हुआ, बस एक बार फ़ोन पर अमित का मैसेज पढ़ कर, चुपचाप वहां से निकल गया।

* * *

रेवांक

"यार आज तो मज़ा आ गया !"

"हाँ वाकई ! क्या मज़ेदार शो था ! पैसा वसूल !"

"भाई तूने पैसे दिए ही नहीं हैं अभी तक... चल दे अब !"

"यार दे दूंगा न, अमित तो कुछ कह ही नहीं रहा है उसी ने सब खर्चा किया है... उसको तो बोलने दे !"

हंसी मज़ाक के बीच अमित थोड़ा चुप सा ही था। दोस्त उसे नार्मल करने कि कोशिश कर रहे थे, लेकिन ये थोड़ा कठिन हो रहा था।

रात भी बहुत हो गयी थी, कोई साढ़े ग्यारह बजे होंगे ...

उन लोगों ने आज रिक्शा नहीं किया था गेस्ट हाउस जाने के लिए। आज तारों भरी रात में पैदल ही कार्यक्रम के प्रांगण से निकल गए थे और ठंडी ठंडी बयार का मज़ा लेते हुए चलते हुए जा रहे थे। तारे टिमटिमा रहे थे, और झूला महल के पास से होते हुए उस पार निकल कर रेवांक के मध्य स्थित चौक और थाने के पार कुछ ही दूर पर जो गेस्ट हाउस थे, वहां सभी जा रहे थे। छोटे शहरों और कस्बों में, कोई भी इतनी देर रात तक बाहर नहीं रहता। कार्यक्रम में जो पर्यटक और दूसरे दर्शक थे, अधितकर गाड़ियों में सवार हो जा चुके थे, अपने अपने होटल। एकांत और शांति का माहौल ...

और अचानक, अमित ने सुनी, चिर परिचित जीप के टायरों की आवाज़, चिर परिचित स्कार्फ़ पहने दुर्गेश और खुली जीप में से लहराते हुए एना के सुनहरे बाल...

उन्होंने तो नहीं देखा लेकिन अमित और सभी दोस्तों ने दोनों को भर्राटे से चौक पार कर महल की तरफ जाते हुए ज़रूर देखा ...

*　*　*

बारह बज रहे थे, और एना और दुर्गेश एकदम चुपचाप जीप में बैठे हुए थे। जीप रफ़्तार से ज़मीन नाप रही थी। आगे की ओर बढ़ रही थी। शांत रात में दोनों के मन में एक ही बात थी ...

महल नज़दीक आ गया तो एना फटाक से उतर कर दीवार से लगती हुई चलने लगी। हौले से एक कोने में मानो अंतर्ध्यान ही हो गयी। स्कार्फ़ चेहरे से

उतारता हुआ दुर्गेश भी उसी ओर चला, लेकिन उसने ये नहीं देखा कि चार जोड़ी आँखों ने उसे और एना को, दोनों को देख लिया है !

दुर्गेश एकदम सावधानी से एना वाले ही रास्ते से गुपचुप आगे निकल गया। अमित और दोस्तों ने देखा, वो भी दीवार जहाँ मुड़ रही है, उसी के पीछे गायब सा हो गया है। ये दीवार महल के पीछे की तरफ तक जा रही थी। महल के पीछे, मैदान में... जहाँ एक पुरानी छतरी के अवशेष थे...

पुरातत्व वालों ने यहाँ का रुख किया ही नहीं था, वरना इसका भी जीर्णों-द्धार हो चुका होता। बस ज़मीन साफ़ करके छोड़ दी थी।

सावधानी से सभी आगे बढे। जगह बहुत नहीं थी, और प्रिंस की हिम्मत जवाब भी दे रही थी, इसलिए प्रिंस ने इशारे इशारे में वहीं रुक के पहरेदारी का ज़िम्मा ले लिया। कॉलेज से ही उनका एक दूसरे को चेताने का तरीका फिक्स था, सभी फ़ोन पास में रखेंगे, और पहली घंटी बजते ही जो अंदर होगा, या कुछ कर रहा होगा, वो उसे वहीं छोड़ के पहरा देने वाले की दिशा से एकदम उलट भाग जायेगा, उसके पास नहीं आएगा। पास बुलाना होगा, तो पहरेदार एस एम एस करेगा, और सभी को पांच मिनट में इकट्ठे हो जाना पड़ेगा, वरना कोई रुकेगा नहीं किसी के लिए।

अँधेरा बहुत था, प्रिंस को अकेले यहाँ छोड़ना खतरनाक हो सकता था, इसलिए रोशन भी बाहर ही रुक गया।

अब अमित और आयुष दोनों दीवार टटोलते हुए आगे बढे। जिस जगह मोड़ के बाद एना और दुर्गेश गायब हो गए थे, वहां दीवार को छू कर और महसूस करके खोजने लगे कि आखिर ये लोग गए कहाँ होंगे? आगे की ओर बढ़ने लगे तो पाया ये महल का अंतिम छोर है, एकदम पीछे की तरफ तक जा चुके हैं वो। आस पास देखा तो कुछ ख़ास दिखा तो नहीं, पर ये ज़रूर महसूस किया की ज़रूर वो जंगल तक आ चुके होंगे, क्योंकि महल की पिछली बाजू से आगे जंगल शुरू होता था।

चलते हुए दोनों टूटी छतरी तक आ गए। क्या था यहां? और क्या यहीं से दुर्गेश और आना गायब हुए हैं? क्या रहस्य है ये?

अमित ने गौर किया तो कुछ बड़े बड़े पत्तों से ज़मीन ढकी हुई थी। रौशनी

का अभाव था, तो आयुष ने फ़्लैश जला लिया।

"यार ये पत्ते यहाँ कैसे? इन पत्तों वाले पेड़ तो यहाँ नज़दीक में हैं ही नहीं! जंगल इतना भी पास नहीं है की उड़ के आ गए हों..." आयुष बोला तो अमित ने हामी भरी। दोनों बिना आवाज़ किये उन पत्तों को हटाने लगे तो लगा शायद ये पत्ते कुछ छुपा रहे हैं। बड़े बड़े पत्तों के नीचे छुपा का एक रास्ता, संकरा सा, अँधेरा सा। उसमें इतनी ही जगह थी कि एक व्यक्ति उतर जाये, तो पहले अमित ही गया।

धीरे से अंदर उतारते ही अमित को मालूम हुआ की उसके पैरों के नीचे की ज़मीन समतल नहीं है, बल्कि संकरी और उबड़ खाबड़ सीढ़ियां हैं नीचे ...

अमित के पीछे पीछे आयुष भी उतरा और दोनों ने पाया कि वे एक गली में आगे बढ़ रहे हैं। कीड़े मकोड़ों, अजीब से कृमियों और रेंगने वाली डरावनी चीज़ों से युक्त इस गली में चुप्प अँधेरा था। चिग्घी बंध गयी, लेकिन राज़ इतने थे, कि उनकी तह तक जाना ज़रूरी लग रहा था ...

शायद ये कोई खुफिया सुरंग थी लेकिन ऐसा मालूम हो रहा था, कि यहाँ अक्सर आया जाया जाता होगा... अंदर तो अब चाँद की रौशनी भी नहीं थी ... एकदम शून्य रौशनी। बस एक बदबू सी, जो अकसर तहखानों में और ऐसी जगहों में भर जाती है जहाँ हवा आया जाया नहीं करती। तो अमित और आयुष कुछ देर वहीं रुक गए, और खुद को उस रास्ते के साथ प्रकृतिस्थ करने लगे। अंदर कुछ हलचल थी, एकदम सन्नाटा नहीं था। ज़ाहिर भी था, क्योंकि एना और दुर्गेश तो अंदर ही गए थे... क्या था अंदर? कौन था? क्या चल रहा था?? ये तो रानी का महल था न, तो फिर इस गुप्त सुरंग के बारे में क्यों कोई नहीं जानता? कहाँ तक जाती है ये सुरंग? और अब तक ये किसी की जानकारी में क्यों नहीं आयी? ये सब एक पहेली थी...

* * *

बच्चों को चुप कराने का एक और तरीका है - उनके मुंह को टेप से बंद कर दिया जाए।

और बलि का एक सलीका यह है, कि बलि जिसको चढ़ाया जा रहा है,

वह जागृत हो, होश में हो और देख पाए कि उसकी गर्दन और अन्य अंग धड़ से अलग किये जा रहे हैं ...

* * *

एना और दुर्गेश एकदम हलके क़दमों से चल रहे थे। लेकिन इन क़दमों में एक निश्चय था। अपने इरादे को पूर्ण करने का !

सभी बाधाएं पार कर तहखाने का वो हिस्सा आया, जहाँ हीरे जवाह-रात, सोने से भरे पात्र, चांदी के पहाड़ और नायाब ख़ज़ाने बंद थे एक दरवाज़े के पीछे। इसे खोला तो जा सकता था, लेकिन इसके श्राप से मुक्त नहीं हो सकता था खोलने वाला... उस से बचने के लिए बलि ही लगती थी... अघोरी वाले टोटके... ये वही जगह थी जहाँ रानी त्रिकूटा का खज़ाना सुरक्षित था अभिमं-त्रित... और ये वही जगह थी जहाँ एना की दादी की भेंट एक ज़माने में स्वयं रानी त्रिकूटा के दिव्यस्वरूप से हुई थी !

* * *

पंडित ने अपनी बीन निकाली और मरघटी माता को याद कर, एक धुन बजाने लगा। सांप अपनी अपनी टोकरियों में से बाहर निकल आये और झूमने लगे। बीच बीच में पंडित उनपर भस्म झोंक देता और दुबारा बीन लहराने लगता। कुछ देर झूमने के बाद सांप टोकरियों से निकल बच्चों की ओर बढे। बच्चे बंधे हुए थे, और चीख रहे थे, हाथ पाँव पटक रहे थे, लेकिन चीख की आवाज़ ही सुनाई न देती थी... क्योंकि मुंह पर तो टेप था ...

सांप बच्चों को डसते रहे, फिर घबराहट के मारे बेहोश बच्चों को वहीं छोड़ चूहों के पीछे हो लिए। सांप ज़हरीले नहीं थे। लेकिन डसे गए बालक को तो ये नहीं मालूम न ! वो तो घबराएगा ही ! घबराहट भी कैसी, जैसे मौत साक्षात् नाच रही हो उनपर ...

पंडित ने बीन बजाना रोका। उठ के बिना एक भी आवाज़ किये बच्चों के पास पहुंचा और एक एक करके उसने दोनों को अपनी भुजाओं में उठा लिया। फिर मौन में ही मंत्र जपते हुए दोनों को कमरे के बीचों बीच बनी वेदी पर सुला दिया। उनको कलावे से बाँध दिया वहीं, ताकि होश आने पर कहीं सरक न

जाएं। कमरे का मुहाना उसी गलियारे में खुलता था, जहाँ से ख़ज़ाने वाली सुरंग आ रही थी, और ये था, ज़मीन से कुछ बीस फुट नीचे, ठीक वहीं जहाँ से जंगल शुरू होता था।

शोर का एक भी शब्द हुआ, तो ये विधि चौपट हो जाएगी ... पूर्णमासी और चतुर्दशी के बीच की रात का मुहूर्त व्यर्थ हो जायेगा...

* * *

अमित और आयुष बहुत दबे पांव आगे बढ़ रहे थे। बढे, तो देखा एक कमरे सा खुल गया है उस संकरी गली जैसी सुरंग से। उस कमरे में हलकी सी रौशनी आ रही थी, शायद कहीं आईनों की मदद से परिलक्षित प्रकाश आ रहा था। पूर्णमासी नहीं थी इसलिए प्रकाश बहुत मद्धम था, लेकिन कुछ नहीं से कुछ सही...

अमित और आयुष साँस रोके देख रहे थे, और उन्होंने पाया कि कमरे में से तीन रास्ते आगे जा रहे हैं। एक तो चुनना पडेगा न.. कौनसा लिया जाये? अमित ने आयुष को देखा, आयुष ने अमित को। दोनों ने बीच वाले रास्ते पर जाने का निर्णय लिया। अमित ने गौर किया, कि एक तीखी सी बदबू उस रास्ते से आ रही हैं... पता नहीं अंदर क्या हो...

जिसने भी इसे बनाया होगा, शायद यही सोच के बनाया होगा कि घुसपैठिया खो जाए। न जाने क्या क्या डरावने जानवर हों, न मालूम कौनसे संकट! अमित ने आयुष का हाथ पकड़ लिया और बस सांस लेने लगा, एकसार। एक दूसरे का ही तो सहारा था उन्हें!

कदम आगे बढ़ाये ही थे कि आयुष को महसूस हुआ कि कुछ सरसराता हुआ गया उसके पैरों के पास से और उसकी चीख निकलते निकलते बची! एकदम से आयुष अमित की तरफ आ गया और कस के उसके कंधे पकड़ लिए। दोनों ही असंतुलित हो गए, गिरते गिरते बचे, लेकिन फिर भी, बच गए।

अमित सोच रहा था, आ तो गए हैं यहाँ, कहीं जान न गँवा बैठें! लेकिन मन में आस भी थी कि कोई बड़ा रहस्य खुलने वाला है!

* * *

पंडित अब ध्यान लगा के बैठ गया ... कमरे में प्रवेश किया किसी ने लेकिन

उसने आंख नहीं खोली। सरसराहट हुई, पर उसे मालूम था, कि मायावी शक्तियां क्या कुछ करती हैं, खास तौर पर इस तरह के अनुष्ठान के दौरान इसलिए बस मरघटी माता का नाम ध्या रहा था।

तलवार म्यान में से निकली हो जैसे ... ऐसी आवाज़ कानों में पड़ते ही उसे मालूम हो गया कि कमरे में कौन आया है ...

उसने आंखें खोली, और मुस्कुरा दिया...

* * *

चमकती तलवार हाथ में लिए वहां वो गोरी मेम ही तो खड़ी थी!

पीछे थाल में सिन्दूर और हाथ में शराब की बोतल लिए दुर्गेश खड़ा था ... धूर्त और चालक दुर्गेश ... व्यभिचारी और लोभी दुर्गेश ... किसी भी तरह से धन कमाने के लिए आतुर दुर्गेश!

उत्तम! ऐसे ही तो लोग चाहिए इस तंत्र को पूरी नकारात्मक ऊर्जा देने के लिए!

एना को दुर्गेश चाहिए, और दुर्गेश को एना - और ये सिर्फ फायदे के लिए... बस मतलब का रिश्ता हो! और इसमें सबसे बड़ा फायदा किसका?? मेरा!! उत्तम!

पंडित एक बिन आवाज़ की हंसी हंस दिया! मन में उसके हज़ारों भूत प्रेत एकसाथ रोने लगे! जलसा होने लगा! अब त्रिकूटा का खज़ाना मेरा!!! इन्हें क्या लगता है? ये तंत्र मैंने इनके फायदे के लिए ये जोखिम उठाया है? महीने भर यहाँ नर्क में बैठ साधना की है? हा! मूर्ख!!!

एना ने दुर्गेश को तलवार थमा दी, सामग्री उसके हाथों से ले ली। जैसा तय हुआ था, दुर्गेश ने बच्चों पर तलवार साध ली। बस एक झटका और फिर इनको चुप करवाने का चक्कर ही ख़त्म। और फिर... दुर्गेश के मन में उसी क्षण अपनी पूरी ज़िन्दगी के हर संघर्ष का और एना के मन में दादी का चेहरा आ गया!

एना की दादी : एलिस!!

एना ने जब से एलिस की डायरी में "खज़ाना" शब्द पढ़ा था, उसके सर पर जूनून सवार हो गया था... ये तो हासिल करना ही होगा! छोटी ही थी एना,

रेवांक

कुछ १४-१५ बरस की, जब दादी एलिस से उसने ख़ज़ाने के बारे में पूछा था। पहले तो एलिस ने नहीं बताया, लेकिन एना कहाँ मानी थी ! उसके दिलो दिमाग में जैसे बस खजाना ही छाया रहता। एलिस तो साल भर में ही परलोक सिधार गयी थी, लेकिन अपना राज़ एना के पास मेहफ़ूज़ रख गयी थी। आज उस सपने को साकार करने की रात थी एना के लिए। सालों की खोजबीन, रिसर्च और यहाँ तक आने के लिए जी तोड़ मेहनत - एना ने एक एक पल बस इसी पल के इंतज़ार में काटा था ...

* * *

ज़िन्दगी के दोराहों पर भी इंसान इसी पसोपेश में रहता है, लेकिन जानता भी है, कि चुनाव करते हुए सही और गलत दोनों का आकलन करना होगा, ये भी ध्यान रखना होगा कि गलत रास्ता चुनने के कुछ खामियाजे होते हैं, जो परेशान कर सकते हैं। यहां काम आता है विवेक, और साथ ही एक और चीज़... छठी इंद्री, याने अंतर्ज्ञान।

पूर्वाभास या पूर्वानुमान नहीं कह सकते इसे। पूर्वानुमान कुछ बुरा होगा, इस आधार पर काम करता है। अंतर्ज्ञान दर्शाता है कि कौनसा मार्ग सही है, किसे चुनें, एक लॉजिक है, जो ऐसे सुदृढ़ तरीके से काम कर रहा है कि आपको पता भी नहीं चल रहा और मन पहले ही से सही विकल्प चुन के आपको बता दे रहा है !

अमित ने एक गहरी सांस ली और वापस बाहर आ जाना चुना। दोनों आगे बढ़े और फिर से कमरे में आ गए जहाँ से तीन रास्ते निकल रहे थे।

अब आयुष ने तय किया, कि सबसे अंतिम वाले रास्ते से अंदर जायेंगे। उसने अमित का कंधा थपका और उसे साथ में आने को कहा। कदम उस सुरंग में रखा ही था, कि लगा कोई खड़ा हैं वहाँ ! अमित को लगा दुर्गेश होगा ! सतर्क हो गया ..."दुर्गेश भाई?" हलकी सी आवाज़ भी उस कालकोठरी में जैसे ज़ोर की पुकार थी ! शायद बस नज़र का धोखा था, क्योंकि जब दोनों वहां पहुंचे तो कुछ नहीं था... बस दो ही कदम बढ़ाये होंगे की धप्प से कुछ उन दोनों पर आकर गिरा !!! आयुष और अमित ने एक दुसरे को पकड़ लिया और अपने हाथों से मुंह दबा कर एक ज़ोरदार चीख रोक ली... ये कौन था !? क्या दुर्गेश ने लोगों को

लाशें बनाने का काम भी शुरू कर दिया!!!?????

अपने ऊपर से उस शव को हटा कर दोनों एक कोने में हो गए और थर थर कांपने लगे। थोड़ा शांत हुए तो शव को पलट के देखा... ओह्ह, ये शव नहीं था, बस एक पुतला था। हाव भाव और साज सज्जा इतने सालों में बिलकुल बदरंग और कुत्सित हो गयी थी, लेकिन कद काठी से ये व्यक्ति साधारण तो नहीं लगता था, शायद राजा हो।

आयुष ने फ़्लैश बंद ही रखा था, क्योंकि जो भी अंदर था, उनको अगर भनक लग गयी की ये दोनों पीछे पीछे आ रहे हैं, तो ज़रूर दोनों को जान से हाथ धोना पड़ता ... खैर, पुतले को एक बाजू सरका के दोनों ने फिर आगे की यात्रा शुरू की।

बस दस कदम ही बढ़ाये होंगे, कि रौशनी का एक कतरा रास्ते पर पड़ता हुआ दिखा! अमित ने उन सभी भगवानों का शुक्रिया कर दिया मन ही मन जिन्होंने उसे इस मार्ग को चुन कर आगे बढ़ने की प्रेरणा दी थी!!

* * *

दुर्गेश ने तलवार उठायी और बालकों पर प्रहार करने की तैयारी कर ली!

पंडित हाथ में कपूर रख उसे प्रज्ज्वलित कर चुका था। इसी से तो मरघटी देवी खुश होंगी! त्रिकूटा का खज़ाना हासिल करने में मदद करेंगी!

एना उन दोनों का ये रूप देख के थोड़ा सहम गयी था ... वो इसका भागीदार तो बन ही चुकी थी लेकिन उसे सिर्फ ख़ज़ाने से मतलब था। पैसा, धन दौलत चाहिए था। बच्चों को बहला फुसला के यहाँ ले भी आयी थी, लेकिन ये सब करना होगा, उसने अंदाज़ा नहीं लगाया था। उनका अपहरण करते हुए भी उसने दुर्गेश को रोकने का प्रयास किया था, लेकिन दुर्गेश ने चतुराई से उसे ख़ज़ाने के सपनों में व्यस्त कर दिया था... आखिर दुर्गेश ने इंस्पेक्टर तम्हाणे को कैसे अभी तक रोका हुआ था, वही जानता था! अब ये खून खराबा! लेकिन प्यार और जंग में सब जायज़ है ...

दुर्गेश तैयार था। पंडित के इशारे का इंतज़ार कर रहा था। पंडित ने माचिस जलाई, और जैसे ही कपूर को लगायी, माचिस बुझ गयी। पंडित ने दोबारा

रेवांक

माचिस जलाई, लेकिन फिर से माचिस बुझ गयी। तीसरी बार, चौथी बार, पांचवी बार ... अब पंडित ज़रा चिढ गया। तंत्र में विघ्न पड़ रहा था। उसने दुर्गेश को इशारा किया और एक हलकी सी हुंहकार भरी। दुर्गेश ने एना से थाल रख के पास पड़ी माचिस की डिब्बी उठा के देने को कहा लेकिन एना का ये करते हुए हाथ से थाल ऐसा फिसला कि ज़ोरदार धमाके के साथ सामग्री समेत नीचे जा गिरा! पूरा सिन्दूर उड़ के एक गुबार की तरह हवा में तैरने लगा!

पंडित अब बहुत क्रोधित हो गया और कपूर फेंक के एना के पास आ गया। उसने इतनी ताकत से मुट्ठियाँ भींच रखीं थीं, की मानो उसके हाथों की सब नसें ही फट जाएँगी। उसकी लाल लाल आंखें देख एना काफ़ी डर गयी, कुछ बोली नहीं।

पंडित गुस्से में था लेकिन परस्त्री को हाथ भी लगाया तो मरघटी माँ नाराज़ हो सकती थीं, इसलिए वहीं दीवार में उसने ऐसा घूँसा मारा की दीवार ही धंस गयी। एना रुलाई रोकती हुई वहां से अलग हटी और दुर्गेश के पीछे जा खड़ी हुई। ये सब उसके लिए बहुत ज़्यादा था, लेकिन ख़ज़ाने के लालच में सब कर रही थी ...

* * *

अमित और आयुष ने रौशनी के उस छोटे से पट्टे को अपना लक्ष्य मान चलना शुरू किया था, लेकिन अब तो उसी दिशा से ज़ोरदार बर्तनों के गिरने की आवाज़ और मारपीट की आवाज़ भी आ रही थी! वो दौड़ सकते तो ज़रूर दौड़ पड़ते... लेकिन यहाँ होश में रहकर करना था, जो भी करना था... इतना तो तय था, कि यहाँ एना और दुर्गेश को छोड़ कर और भी कोई था!

लेकिन कौन?

और क्यों?

* * *

एना को रोता हुआ देख दुर्गेश चिढ़ने लगा। तलवार नीची कर पहले उसने एना को ढांढस बंधाया, फिर पंडित को कन्धा पकड़ के वापस वेदी की तरफ ले आया जहाँ बच्चे बेहोश पड़े थे। पंडित भी होश में आया, मरघटी माँ से माफ़ी

मांग, एना की तरफ एक क्रोध भरी निगाह डाल कर वापस तंत्र को पूरा करने की विधि करने लगा।

अब एक बार फिर, दुर्गेश बच्चों पर तलवार ताने खड़ा था।

एक बार फिर पंडित ने कपूर जलाया और जैसे ही कपूर जला दुर्गेश ने तलवार ऊपर उठा ली...

तलवार नीचे आये उसके पहले ही...

कोई और उस तहखाने में आ गया...

और अब कोई सन्नाटा नहीं, कोई शांति नहीं थी... अब थी एक ज़ोरदार आंधी!

बड़ी बड़ी भय जगाने वाली आंखें और लाल जोड़ा

एक वीरांगना की तरह साज सज्जा

और शक्ति का आत्मस्वरूप

रानी त्रिकूटा स्वयं!!

* * *

अमित और आयुष जब तक रौशनी तक पहुंचें, उस से पहले ही ज़ोरदार आंधी और तूफ़ान सा माहौल उनके आस पास बन गया। धूल उड़ने लगी और गर्जना होने लगी। शेरों की आवाज़ से पूरा गलियारा भर गया, सियार रोने लगे और हाथी चिंघाड़ने लगे... जैसे प्रकृति स्वयं गर्जन कर रही हो!

दोनों ज़मीन पर पेट के बल लेट गए, मानो इन आवाज़ करने वाले जीवों के प्रेतों को खुद की पीठ पर से जाने का रास्ता दे रहे हों! और वाकई जैसे एक काफिला सा निकल गया उनके ऊपर से। लगभग एक राजशाही दस्ता सा निकल गया इनके ऊपर से! और अचानक रोशनी वाली जगह में जाके विलीन हो गया। रेंगते हुए दोनों वहीं गए, और उस जगह में से अंदर का नज़ारा देखा, तो बस देखते ही रह गए!!

--- "ए लड़की! तू यहां?? क्यों आयी हैं यहां!" ये ऐसा स्वर था, जो न इस दुनिया का था, न उस दुनिया का... न इंसान का और न ही प्रेत का...

रेवांक

ये स्वर था एक ऐसी याद का जो न भुलाई जा सकती थी, न पूरी तरह से याद की जा सकती थी।

ये स्वर था स्वयं त्रिकूटा का!

एना अकेली खड़ी थी वहां उस कमरे में जो अब भी क्योंकि आहत पाते ही पंडित और दुर्गेश तो तलवार वहीं पटक कब के दुबक चुके थे!

"उसी चोर, लालची औरत के खानदान की है न तू!? मैंने मना किया था, मैंने लौटा दिया था तब ... ज़िंदा! तेरे खानदान के वारिस की जान बक्श दी थी, याद है? लेकिन तू नहीं मानी... तू यहां तक आ गयी? क्यों????? मेरा खज़ाना तेरा नहीं है लालची औरत!"

"मेरी दादी थी एलिस! और अब उनका अधूरा छोड़ा हुआ काम मैं पूरा करूँगी!" एना चीखना चाह रही थी, लेकिन दर के मारे उसकी घिग्घी बांध चुकी थी! ऐसा भयानक लेकिन तेजोमय रूप न उसने पहले कभी देखा था न ही अंदाज़ा था उसे की ऐसा कुछ भी हो सकता है! उसने अपना रक्तचाप बहुत गिरता हुआ पाया, उसे लगा जैसे वो ठन्डे पसीने में तरबतर हो चुकी है ...

"और तू ? धोखेबाज़, लम्पट! तेरी हिम्मत कैसे हुई अपने ही राज्य के ख़ज़ाने पर सेंध लगाने की? बोल? लुटेरे?" आवाज़ और साया अब अचानक दुर्गेश के सामने आ चुका था। रानी पूछ रही हैं, जवाब दो?!!! ये कोई आम बात नहीं थी! रानी त्रिकूटा, जो अपने इंसानी चोले में थी भी नहीं, जिनका ये पूरा महल था, और जिनका खज़ाना दुर्गेश को चाहिए था, वही तो देगा न जवाब!

"अब जैसे ही ये बच्चे बलि चढ़ेंगे, मरघटी देवी का आशीर्वाद मिल जायेगा, जो तुम्हारा जो भी अस्तित्व शेष है, उसे पूरी तरह से ख़तम कर देगा..! और फिर तुम्हारा खज़ाना मेरा! सिर्फ मेरा!!!! समझीं??" दुर्गेश शेर की तरह रानी के सामने सीना चौड़ा करके खड़ा हो गया। पंडित पीछे से निकल के वेदी की तरफ भागा और वहीं पड़ी तलवार उठा ली!

दुर्गेश के मुंह से ये बातें सुनकर एना को गुस्सा आ गया, डर के दुबक गया गयी थी, बेहोश सी होने लगी थी, लेकिन ख़ज़ाने का सुनके सीढ़ी खड़ी हो गयी।

"दुर्गेश ये ख़ज़ाना हम दोनों का होगा! मुझे पैसा चाहिए! मुझे मेरा पैसा चाहिए!!!"

"तुम दोनों मारे जाओगे!! आहूति देते ही मरघटी माता तुम्हें राख कर देंगी!! हाहाहा..... आह! आआहॄॄॄॄॄॄ! और मेरी गिनती होगी उन चुनिंदा तांत्रिकों में, जिनसे रानी त्रिकूटा का धूम्र स्वरुप भी डरता है!!" हंसी की आवाज़ पंडित की चीखों और कराहों में बदल गयीं... पंडित अदृश्य रस्सियों में जैसे जकड़ा जा रहा था, और मानो हज़ारों साँपों से डसा जा रहा था। ये त्रिकूटा का तिलिस्म था, ऐसे कैसे कोई उनके प्रकोप से बच जाता!

"मुझे झूठ और धोखे से नफरत है, और लालची की यहाँ कोई जगह नहीं! मेरे महल में मासूमों को नहीं गुनहगारों को सजा मिलती है!" त्रिकूटा क्रोधित थी, और जैसे उनकी आकृति से चिंगारियां निकल रहीं थीं!

सबकुछ अब इतना जल्दी से हुआ की अगर ये आजकल का वीडियो होता तो सुपर स्लोमो में देखना पड़ता इसे...

दुर्गेश को लगा की अब शायद इसके बाद मौका न मिले, कहीं ख़ज़ाना हाथ से निकल गया तो! उसने दौड़ के तलवार उठा ली और बच्चों पर वार करने आगे बढ़ा।

लेकिन बस तलवार हवा में ही लहराती रह गयी ...

वो भी बस उसका धड़ ही बेबस यहाँ वहां तलवार चलता रह गया।

सर तो कबका कट चुका था, और एक स्तब्ध भाव उसके कटे हुए मुंड के चेहरे पर पुता था!

एना ने ये सब देखा तो एक चीत्कार के साथ भागना चाहा। पर भाग के कहाँ जाती! रास्ता रोके तो अमित और आयुष खड़े थे!

दोनों ने सब सुन लिया था, सारी सच्चाई बाहर आ चुकी थी।

अमित और आयुष के अंदर आते ही त्रिकूटा ने उन्हें देखा और उन्होंने त्रिकूटा को। नज़र के एक दफा मिलते ही दोनों ने ऐसा कुछ महसूस किया जैसा पहले कभी नहीं किया!

नज़र उन लड़कों पर से हटा के त्रिकूटा पंडित के पास पहुँच गयीं।

"अघोरी ! अपनी साधना को सलीके से उपयोग कर लेता, तो तुझे ये दिन नहीं देखना पड़ता ! अब तू भुगत ! नीच !"

और एक ललकार और एक हुंहकार के साथ त्रिकूटा ने पंडित का भी खेल ख़तम कर दिया... सर धड़ से अलग कर दिया ...

एक बिजली सी चमकी और बस... इंदौर के घर का सपना अब दुर्गेश शायद अगले जन्म में पूरा करे...पंडित शमशानों में भटका करे अपना सर और धड़ संभालता हुआ... कौन जानता है?

* * *

दुर्गेश का खून से सना सर और धड़ वहीं पड़ा था कोने में... त्रिकूटा जैसे आयी थी आंधी की भाँती वैसे ही एक बवंडर में अंतर्ध्यान हो चुकी थी।

अमित और आयुष चिल्लाते हुए दुर्गेश के शव की तरफ बढे लेकिन प्राणों का पखेरू तो कब का उड़ चुका था।

अमित दहाड़ मार कर रो पड़ा...बचपन की सुखद यादें, साथ बिताये पल, वो पेड़ों की डगाल से तोड़ तोड़ के फल खाना, उसका सारी छुट्टी में दादा दादा करते दुर्गेश के पीछे घूमना ... अमित को सब याद आ गया। बालपन के रिश्ते बहुत कोमल होते हैं क्योंकि बालक धूर्तता और चालाकी नहीं जानते। वो तो बड़े हो चुकने के बाद ये सब आने लगता है और रिश्ते खट्टे पड़ जाते हैं। लेकिन दिल से बने रिश्ते क्षीण हो सकते हैं, पूरी तरह से समाप्त नहीं होते। अमित ढह गया वहीं, किसी मिट्टी के ढेर की तरह। हाथों में अपना चेहरा दिए रोता रहा। आयुष उसके साथ ही बैठा था, उसके कंधे सहलाता हुआ...

एना को आयुष ने बाहर की तरफ भागते हुए देखा था, जब पंडित का सर कलम किया त्रिकूटा ने ... वो बाहर भागी, और उसके पीछे त्रिकूटा का स्वरुप भी बाहर की ओर ही निकल चला। आयुष को बस एना की चीख और ज़ोर से दरवाज़ों के भड़भड़ाने, पटकने की आवाज़ आयी, फिर वो भी बंद हो गयी ... आयुष का ध्यान भी बिलखते हुए अमित पर केंद्रित हो गया... और एना का चैप्टर वहीं बंद होता हुआ मालूम हुआ...

उस नकली सामानों, खोटे ख़ज़ाने और लकड़ी के संदूकों वाले, फैले हुए

तंत्र मंत्र के सामानों वाले, अँधेरे, मनहूस बदबूदार से तहखाने में, बस रुदन था, और मौत की दुर्गन्ध... बाकी सबका अंत तो त्रिकूटा ही कर गयी थी...

* * *

रेवांक

उपसंहार

"यार ! ये तहकीकात तो तम्हाणे भी कर सकता था न ?"

"हाँ कर तो सकता था, लेकिन उसमें अमित जितना कीड़ा थोड़े ही है... क्यों हैना अमित ?"

"भाई देखो, ज़िन्दगी में पहली बार, अपने इस खोजी कीड़े के कारण कई सारे फायदे हो गए हैं। सबसे बड़ा तो ये फायदा हुआ है की दो मासूम बच्चों की जान बच गयी।"

"हाँ भाई और अब तुझे पॉडकास्ट के लिए बहुत सारा मसाला भी मिल जायेगा, हैना ?"

अमित चुप चुप बना हुआ था। खोजी कीड़े ने दो बच्चो को बचाया लेकिन भाई को खो दिया था उसने।

शांत सी हंसी गूँज उठी और रेवांक यात्रा से वापस आने का माहौल खुशनुमा सा बन गया।

किसी के कर्म का कोई दूसरा क्या करे ? दुर्गेश ने कुकर्म किये, तो त्रिकूटा ने उसका न्याय अपने तरीके से कर दिया। किसी को क्या कहे अमित ? चुपचाप खिड़की से बाहर देखने लगा...

रेवांक: रानी त्रिकूटा का गढ़ जो अपवित्र होने से बच गया।

हाँ, वो साया रानी का ही था।

हाँ, दुर्गेश और एना जैसे लालची और चालक लोग कोई नहीं हो सकते थे।

हाँ, दुर्गेश और एना ने बहुत सी चालें चलीं।

रानी कभी अपना राज्य छोड़ जाती नहीं। रानी हमेशा प्रजा के लिए लड़ती है, जान ले लेती है।

कहाँ गयी रानी ? रानियां और वीरांगनाएं भागती नहीं हैं, मरती भी नहीं हैं... बल्कि कूच करती हैं, उस ओर जहां उनके साहस की धार की वाक़्ई ज़रुरत हो...

एना का क्या हुआ, पता नहीं .. शायद वहीं उस तहखाने में ख़ज़ाने वाली जगह कैद होकर रह गयी वो। ख़ज़ाने से बहुत प्यार हो तो अकसर मौत के बाद यक्ष गति मिलती है जीव को। जिस ख़ज़ाने में मन लगा हुआ था, अब वहीं रहेगी वो.. शायद... पता नहीं पुलिस मिनिस्ट्री में क्या कहेगी। लापता बता देगी शायद।

अमित और उसके दोस्त इंदौर वापस जा रहे थे, और एक साया महल की सबसे ऊँची दीवार पर खड़ा उन्हें जाते हुए देख रहा था, अब भी!

* * *